有一种风雅趁年华

古物风雅

白落梅 作品

湖南文艺出版社
HUNAN LITERATURE AND ART PUBLISHING HOUSE

博集天卷
CS-BOOKY

图书在版编目（CIP）数据

有一种风雅趁年华 / 白落梅著. -- 长沙：湖南文
艺出版社，2019.7
ISBN 978-7-5404-9233-5

Ⅰ.①有… Ⅱ.①白… Ⅲ.①散文集－中国－当代
Ⅳ.①I267

中国版本图书馆CIP数据核字（2019）第083157号

上架建议：畅销书·文学

YOU YI ZHONG FENGYA CHEN NIANHUA
有一种风雅趁年华

作　　者：白落梅
出 版 人：曾赛丰
责任编辑：薛　健　刘诗哲
监　　制：于向勇　秦　青
策划编辑：刘　毅
特约编辑：王莉芳
营销编辑：刘晓晨　刘　迪　初　晨
封面设计：仙　境
版式设计：李　洁
出版发行：湖南文艺出版社
　　　　　（长沙市雨花区东二环一段508号　邮编：410014）
网　　址：www.hnwy.net
印　　刷：北京天宇万达印刷有限公司
经　　销：新华书店
开　　本：875mm×1270mm　1/32
字　　数：145千字
印　　张：7.75
版　　次：2019年7月第1版
印　　次：2019年7月第1次印刷
书　　号：ISBN 978-7-5404-9233-5
定　　价：58.00元

若有质量问题，请致电质量监督电话：010-59096394
团购电话：010-59320018

总序

写字寄心，煮茶待客

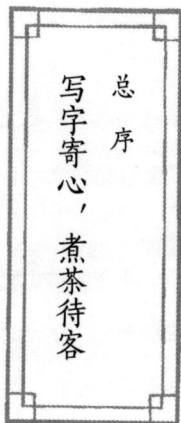

魏晋之风的琴曲，空灵中有一种疏朗，又有几分哀怨，如冬日窗外的细雨，清澄而寒冷，直抵窗前，落于柔软的心中。

这样的雨日，须隔离了行客，掩门清修，亦不要有知心人。一个人，于静室内，焚一炉香，沏一壶茶，消减杂念。

《维摩诘经》云："一切法生灭不住，如幻如电，诸法不相待，乃至一念不住；诸法皆妄见，如梦如焰，如水中月，如镜中像，以妄想生。"

佛只是教人放下，不生妄想执念。却不知，世间烦恼恰若江南绵密的雨，滴落不止。该是有多少修为，方能无视成败劫毁，看淡荣辱悲喜。那些潇洒之言、空空之语，也不过是历经沧桑之后，转而生出的静意，不必羡慕。

我读唐诗觉旷逸，读宋词觉清扬，看众生于世上各有风采。诗词的美妙，如丝竹之音，又如高山江河，温润流转，有慷慨之势，让人与世相忘，草木瓦砾也是言语，亭阁飞檐也见韵致。

想来这一切皆因有情，如同看一出戏，本是茶余饭后消遣之事，可台下的人，入戏太深，竟个个流泪。然世事人情薄浅如尘，擦去便没了痕迹。他们宁愿在别人的故事里，真实地感动，于自己的岁月中，虚幻地活着。

佛经里说缘起缘灭，荒了情意，让人无求无争。诗词里说白首不离，移了心性，令人可生可死。那么多词句，虽是草草写就，却终究百转千回，似秋霜浓雾，迟迟不散。

翻读当年的文字，如墙角未曾绽放的兰芽，似柴门欲开的梅蕊。那般青涩，不经风尘世味，但始终保持一种新意。远观很美，近赏则有雕琢之痕，不够清澈简净。

后来，才学会删繁就简，去浓存淡。知世事山河，不必物物正经，亦难以至善至美。好花不可赏遍，文字不能诉尽，而情意也不可用尽。日子水远山长，自是晴雨交织，苦乐相随。若遇有缘人，樵夫可为友，村妇可作朋，无须刻意安排，但得自然清趣。

琴音瑟瑟，一声声，似在拨弄心弦。几千年前，伯牙奏曲，那弦琴该是触动了钟子期的心，故而有高山流水觅知音的可贵。而文字之妙意，与弦音相同，都是一段心事，几多风景，等候相逢，期待相知。

柳永有词："风流事、平生畅。青春都一饷。忍把浮名，换了浅斟低唱。"他的词，贵在情真，妙在那种落拓之后的洒脱。世上名利功贵纵有千般好，也只是浮烟，你执着即已败了。又或许，人生要从浮沉起落里走出来，才能真的清醒，从容放下。

都说写者有情，读者亦有心。不同之人，历不同的世情，即使读相同的文字，也有不同的感触。有些人，一两句就读到心里去了；有些人，万语千言，亦打动不了其心。

也许，那时的我，恰好与此时的你，心意相通。也许，这时的你，凑巧与彼时的我，灵魂相知。也许，你我缘深，可同看花开花落。也许，你我缘薄，此一生都不会有任何交集。

人间万事，都有机缘。我愿一生清好，在珠帘风影下写几行小字寄心，于廊下堂前煮一壶闲茶待客，不去伤害生灵，也不纠缠于情感，无论晴天雨日，都一样心境，悲还有喜，散还有聚。

当下我拥有的，是清福，还是忧患，亦不去在意，不过是凡人的日子，真实则安好。此生最怕的，是如社燕那般飘荡，行踪难定。唯盼人世深稳，日闲月静，任外面的世界风云变幻，终将是地老天荒。

过日子原该是糊涂的，如此才没有惆怅和遗憾。天下大事，风流人物，乃至王朝的更迭，哪一件不是糊涂地过去？连同光阴时令，山川草木，也不必恩怨分明。糊涂让人另有一种明净豁然，凡事不肯再去相争，纵岁月流淌，仍是静静的，安定不惊。

流年似水，又怎么会一直是三月桃花，韶华胜极？几番峰回路转，今时的我，已是初夏的新荷，或是清秋兰草，心事与从前自是两样。所幸，我始终不曾风华绝代，依旧是谦卑平淡之人。

女子的端正柔顺、通达清丽，让人敬重爱惜。我愿文字落凡尘，亦有一种简约的觉醒，不去感怀太多的世态炎凉。愿人如花草，无论身处何境，都不悲惋哀叹。人世不过经几次风浪，寻常的日子，到底质朴清淡，无碍无忧。

人生得意，盛极一时，所期的还是现世的清静安稳。想当年，母亲亦为佳人，村落里的好山好水，皆不及她的清丽风致；如今却像一株草木，凋落枯萎，又似西风下的那缕斜阳，禁不起消磨。

看尽了人间风景，不知光阴能值几何，如今却晓得珍惜。世上的浮名华贵，纵得到，有一天也要归还，莫如少费些心思。不管经多少动乱，我笔下的文字，乃至世事山河，始终如雪后春阳，简洁安然，寂然无声。

光影洒落，袅袅的茶烟，是山川草木的神韵。我坐于闲窗下，翻读经年的旧文辞章，低眉浅笑，几许清婉，十分安详。

白落梅

目录

前言 ◎ 有一种风雅趁年华   001

序言 ◎ 古物，最耐人寻味   004

第一卷 ◎ 一寸光阴一壶酒

弦琴   002

围棋   008

书韵   014

古画   021

淡酒   027

清茶   033

第二卷 ◎ 一纸诗书一年华

诗经 040

楚辞 046

汉赋 052

唐诗 059

宋词 065

元曲 071

第三卷 ◎ 一剪梅花一溪月

疏梅 078

幽兰 084

翠竹 090

素菊 096

净莲 103

云松 109

第四卷 ◎ 一方古物一风雅

金饰　　　　116

银物　　　　122

青铜　　　　128

玉石　　　　134

古陶　　　　140

瓷器　　　　146

第五卷 ◎ 一曲云水一闲茶

楼阁　　　　154

琐窗　　　　161

庭院　　　　168

老巷　　　　174

石桥　　　　180

长亭　　　　187

第六卷 ◎ 一树菩提一烟霞

山水　　　　194
花鸟　　　　201
戏曲　　　　207
佛卷　　　　213
道经　　　　219
儒风　　　　225

我不爱世外仙源，只爱烟火红尘。我不要浮名虚利，只要诗酒琴茶。

万物生灭，起于自然，红尘往来，莫问因由。凡是风景，自有灵性，和人相亲，又与光阴擦肩。但凡古物，自有气质和风韵，被岁月珍藏，不曾遗忘。

静坐之时，想起曾经走过的红尘，有过的片段，看过的风景，心生温柔，亦落寞。一切已然走远，不复重来。时间还在，我们或是陌路，或仍执手，但终成过往。

秋的山径，路遇茶花，若唐诗端然，似宋词清丽，又如元曲流转。此刻，内心的雅致，足以抵挡外界的苍茫。连这风中薄薄的凉意，竟也是季节的恩赐，流露出时光的柔软与慈悲。

山水草木、清茶淡酒、亭台楼阁、金玉珠石，皆有风情底蕴，有着难以言说的妙意和机缘。奈何，再美的物事，亦需要有心人去赏之，惜之。否则，只是一种简单的存在，千年若一日。

世上繁华，让人赏心悦目，爱不释手，却渺若微尘，不得久长。可这浩浩一生，终究要有所求，或营营功贵，或瓶梅清风。趁年华，折几枝山花，品几盏诗酒，填几阕小令，诉几段衷肠，如此，不负锦绣如织的人间。

而后，再结庐深山，筑茅斋，修茶室，养性情，等候归人，收留倦客。那里，有溪云松涛，无人往车喧；有杜若幽兰，无凡花俗草。那里，风闲岁静，日长如年，光阴覆盖了苔藓，世事落满了尘埃。

杨绛先生说："世态人情，比明月清风更饶有滋味；可作书读，可当戏看。"人生便是一册书，可繁可简，时间久了，皆意味深长。亦如一出戏，起承转合，生死悲喜，到底随缘。

疏梅翠竹，佛卷儒风，从《诗经》《楚辞》的年代，便有了清趣。庭院琐窗，石桥小巷，在汉唐风烟里，则有了故事。一方古陶，一件青瓷，一枚老玉，记得每个朝代的更迭变迁，却不记得谁曾来过，谁又转身离开。

感恩光阴所有的相赠，让老去的年华，一如既往地朴素情深。亦感恩陪我走过山长水远的你，愿余生，我们随喜自在。

都说命运早已安排，不必费心弄巧，万事终有结果。这人间，自当柔情以待，与之执手言欢。

往后的岁月，择山水而居，天高云淡，物静心安。或侍花弄草，或酿酒煎茶，或读书听戏。又或什么也不做，只守一树梅花，候一窗风雪。

当下，秋光如禅，来日方长。

白落梅

戊戌年 落梅山庄

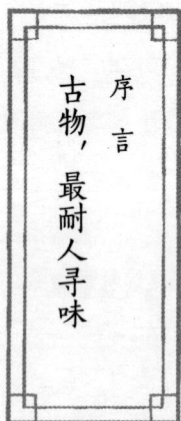

今日夏至，我心清凉。人生匆匆三十载，一朵雨荷的初颜，抵不过易老的时光。这些年，我如一株草木，无论悲欢，总宠辱不惊地活着。不美丽，不高贵，却简约、宁静。

人生如寄，缥缈若尘。再浓郁的世味，有一天亦会淡如白水。曾经千恩万宠过的人事，终会道别，与你执手相待的，唯有明月清风，白云溪水。

最耐人寻味的，依然是那些老去的古物。一卷书、一张琴、一轴画、一朵青花、一方古玉、一支银簪。久远的历史，漫长的光阴，你不曾与它们同过生死，有过誓言，但相逢亦只需刹那。

每个人心中，都藏着一段忧伤如水的情感，系着一段不可遗
忘的缘分，只是时间久了，有些模糊不清。寂静之时，洗尽尘埃，
抚去沧桑，又重遇了当年风景，旧时心情。漫漫风烟，于山河岁月
间，就这么淡去，留下安静的旧物，深情如昨。

我们只有凭借一些旧物，去开启昨天的门扉，寻觅封存已久的
故事。它们亦曾有过美好的年华，在属于自己的朝代里，过尽了芳
菲。后来被时光辜负，荒了心情，输给新宠。可依旧那样一厢情愿
地存在，始信有一天可以重回舞台，做当初的主角。

万物通了性灵，便生出情感。我终是有幸，与它们结缘，并相
约于文字，诉说一段前世今生。它本无心，姿态安然，不避红尘，
无意聚散。这般从容，惊艳了我，于是珍爱着每一个生命，愿为无
声的诺言，守候天荒。

世间所有安排，皆有前因。这本书是我多年的心愿，如今亦算
是了却心中情结。其实只是用简洁的文字，打理往昔深沉的年岁。
千古繁华，不过是历史长廊转角处的一道薄风，而我却在水墨里，
寻到了一段唐诗宋词的典雅生活。

如若可以，愿你枕书入梦，轻易躲过尘世纷繁，行遍塞北江南，和一件旧物、一帘风景相依。万物之情深，胜过了所有空盟虚誓，纵然风云换主，它亦不会离弃，共你白头。

这时间，小窗日落，疏柳淡月。你我洗却铅华，煮上一壶月光，几两荷风，说说老去的故事。任它流水四季，来往如梭。红尘一梦，饮尽千年。

第一卷◎一寸光阴一壶酒

一 有 一 种 风 雅 — 趁 年 华 —

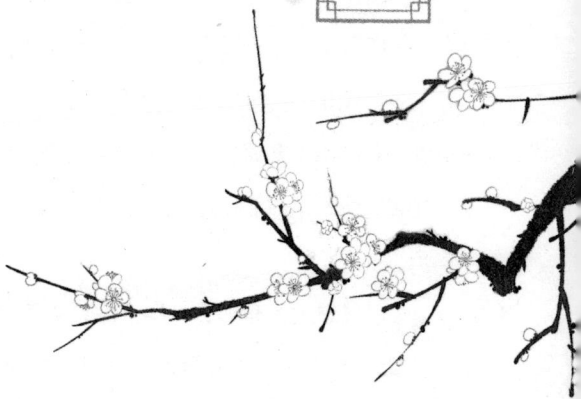

弦
琴

　　那张琴，置于琴台上，被光阴疏离了多年。岁月没有带给它太多的风尘，静处时，有种遗落的冷艳和端雅。琴通性灵，含气质，有品德，知晓前世今生，故识得真正的主人。我与琴，并无过深的情感，却能认定，与之有过一段宿缘。

　　也曾想过，有那么一座宅院，古老深沉，瘦减繁华。简洁的书屋，一炉香，一张琴，一桌棋。轩窗外，几树梅柳，一地月光。想来，令人心动的，该是有一个懂弦音、识雅乐的知己。有一天，我会老去，而琴，也定然可以觅得它新的主人，拥有新的故事。

琴为天地之音，宁静悠然，旷远深长，缥缈多情。宋代《琴史》中说："昔圣人之作琴也，天地万物之声皆在乎其中矣。"琴与万物相通，高山流水、万壑松风、波光云影、鸟语虫鸣皆蕴含其间，寄于弦上。

抚琴者，将万千心事揉入弦中，在弦音中平和泰然，体会到至极之静。听琴者，在清宁洁净的琴音中洗涤心灵，恍若天乐。岳飞有词云："欲将心事付瑶琴。知音少，弦断有谁听？"仿佛抚琴之人，今生必定有一个知音，不然，纵是奏出天籁之音，亦有无法言说的缺失和遗憾。万物有情，皆可认作知己，只看你是否愿意交付真心。

在遥远的春秋时代，有一段"高山流水"觅知音的故事，被传为佳话美谈。琴师伯牙奉晋王之命出使楚国，中秋之日，他乘船来到汉阳江口，泊船歇息。是夜，风浪平息，云开月出，他抚琴独奏。打柴晚归的樵夫钟子期，被其琴声吸引，不忍离去。子期听懂了伯牙琴声里高山之气势、流水之柔情，二人结为知己。

月圆之时，彼此把酒言欢，约定来年中秋之日，江口重逢。次年，伯牙在江口抚琴等候知音，却不见子期赴约。后得知子期不幸染病去世，并有遗言，须将坟墓修在江边，只为再闻伯牙琴声。伯牙万分悲痛，行至子期坟前，抚琴一曲。之后，挑断琴弦，摔碎瑶琴。知音逝，琴已无人听。他的世界，从此安静。

古琴，以其悠久的历史，目睹了世间兴衰荣辱，爱恨离愁。《诗经》里有曰："窈窕淑女，琴瑟友之。"司马相如一曲《凤求凰》，令卓文君与之贪夜私奔，写下"愿得一心人，白头不相离"的爱情诗句。晋时嵇康作《琴赋》曰："众器之中，琴德最优。"他临刑前，从容不迫地弹奏一曲《广陵散》，至今为千古绝响。

诸葛亮巧设空城计，以沉着悠闲的琴音，智退司马懿雄兵十万。晋陶渊明有诗云："但识琴中趣，何劳弦上声。"他归隐南山，采菊东篱，每日饮酒赋诗。这位山中隐者，世外高人，知晓琴中雅趣，将一张无弦琴弹到无我之境，乃至草木为之低眉，万物为之垂首。

"琴，禁也。神农所作。洞越。练朱五弦，周加二弦。象形。"琴，有着清、和、淡、雅的品格，历来是文人墨客修养性情不可缺少的乐器。同样一首曲子，因抚琴者的修养、心性不同，而弹出不一样的意境与妙处。时而飘逸似明月清风，时而清越如玉泉倾泻，时而激烈犹万马奔腾，时而明净若秋水长天。

无论是喧闹的琴、寂寞的琴，愉悦的琴、悲戚的琴，流动的琴、静止的琴，最终都将升华至一种天人相和的意境。过往的恩怨，人世的冷暖，皆付诸琴弦之上。而素养高超的抚琴者，则能超然于弦外之音，达到无悲无喜、物我相忘的境界。

明屠隆论琴曰："琴为书室中雅乐，不可一日不对。"琴是一种不可闲置的乐器，所以无论是否有听客、有知音，抚琴之人，都应该与清音朝暮相对。否则，时间久了，那些原本熟悉的片段、美丽的章节，会被岁月模糊，寻不见从前的光影。

唐代诗人刘长卿曾经发出"泠泠七弦上，静听松风寒。古调虽自爱，今人多不弹"的感慨之声。这位孤高自赏的诗人，亦觉世少知音，但仍寄情于古调，以慰寂寥。

王维则写下"独坐幽篁里，弹琴复长啸。深林人不知，明月来相照"的诗句。他仿佛在告诉世人，他的琴，从来都不寂寞。纵然未曾有过知己，还有幽篁和明月，可以听懂弦音，诉说心语。

白居易诗云："入耳澹无味，惬心潜有情。自弄还自罢，亦不要人听。"是琴，让他们从茫然世海里，找到真实的自己，学会与这世界平和相处。琴，可以远离流俗，磨砺心性，滋养情感。当我们在红尘中仓促奔走，无处安身时，相信还有一尾琴，愿和你相交，重新开始一段缘分。

《红楼梦》中，曹雪芹将七弦琴托付给了林黛玉。一直以为，十二钗里最适合抚琴的莫过于妙玉和黛玉。带发修行的妙玉，在庙堂的虚静中，可以将琴弹至空无之境。但曹雪芹却给了她棋，把琴留给了潇湘妃子林黛玉，妙玉做了那个听琴解语的知音。林黛玉将幽情愁绪、春雨秋风，都融入琴魂诗魄中。她的琴，不仅感动自己，更感动了那一园的草木。

古琴造型优美，典雅清丽。抚琴之人，自有一种不可名状的风雅与美丽。他们来自不同流派，演奏不同风格，只为将万千情怀，调入冰弦，言说心事。这般知交，有如赶赴一场久别的约会，有如岁月平淡的相守。

唐代薛易简在《琴诀》中讲："琴之为乐，可以观风教，可以摄心魄，可以辨喜怒，可以悦情思，可以静神虑，可以壮胆勇，可以绝尘俗，可以格鬼神，此琴之善者也。"

是几时，我做了那个焚琴煮鹤之人，让人生风景匆匆擦肩？

也曾风雅无边，竟不知何时心意阑珊。如此尘埃落定，不是为了忘记谁，亦不是为了记住谁。只是心中那根弦，被岁月风蚀，早已弹不出清澈曼妙之音。也许放下我执，那琴，那弦，可以回归昨日的安静和悠远。

光阴，到底是什么？它似琴弦，时而锋芒如利剑，时而温柔若流水。也许我们该做那个淡然的抚琴人，不分季节，不问悲欢，于渺渺山河中，弹奏几曲古调，修养心性，净化灵魂。

始终认定，我不是琴的主人。并非相逢太早，亦非缘分太浅。人生最好的时刻，就那么多，相处过，便足矣。你听，那弦音，分明含蓄多情，而我，心平如镜。

围棋

他们说，人生如棋局，因为落子无悔，所以步步惊心。有人落子如飞，有人举棋不定，只为了一个结局。胜者，坐拥江山，人间万物俯首称臣。败者，归去做个隐者，闲钓明月清风，怡然自得。

岁月如棋盘，光阴是棋子，棋子越下越少，日子越过越薄。明日如空山烟雨，不可预知，最终的结果，要涉过千江水月，方能抵达。我们只是一个寂寞的棋手，以为守住棋子，就可以看清人间黑白，能够握住世事命运。却不知，山高水长，走过的每一条路，都叫不归。

每一颗棋子，都要倍加珍惜；每走一步，都要费心思量。看似姹紫嫣红，莺飞草长，也许刹那就风云变幻，天地换颜。看似山穷水尽，断垣残壁，也许瞬间便峰回路转，柳暗花明。面对抉择，当从容以待，有时一粒微小的棋子，可以改变整座江山。

人生很窄，得失只在方寸之间；人生很宽，成败犹在千里之外。下棋需修炼心性、端正品格，胸有丘壑，则无惧输赢。人生路上，会邂逅许多不同的人。有些人，注定只能陪你看一段风景，便杳无音讯。真正可以随你走到最后，不离不弃的，寥寥无几。

在古时，琴棋书画不仅是文人墨客的雅兴，也深受王侯将相、乡野村夫甚至闺中绣户的喜爱。琴棋书画可以滋养一个人的才华和修养，亦可以给平淡无味的生活，增添乐趣与风雅。打理完繁忙的世事，静下来，约一知己，对饮一壶闲茶，下几盘棋，流光过处，不惊不扰。

围棋，起源于中国，古代称为弈。《世本》所言，围棋为尧所造。晋代张华在《博物志》中说："舜以子商均愚，故作围棋以教之。"围棋历史悠久，如一缕浩荡明净的长风，盛行于世人清淡的生活中。

从遥远的黄帝时期，历经夏商周、春秋战国、秦汉三国、魏晋南北朝、唐宋元明清历朝历代。也曾有过起落，却一直以一种清雅闲逸的姿态，融入寻常日子，陶冶性情，与人同悲同喜。

小小棋盘，可以看见人间百相，纷纭世态。帝王在棋盘里，看到天下山河；军事家在棋盘里，看到金戈铁马；诗客在棋盘里，看到锦词丽句；樵夫在棋盘里，看到草木山石；农妇在棋盘里，看到柴米油盐。狭小天地，一黑一白，暗藏人生玄机。所有谜题，只有走到最后，方能解开。

曾经林泉听琴、松间对弈的人，被印在书中，挂在画里。古人下棋，择风清云朗之日，或碧波泛舟，或溪涧对饮，或轩窗看月，或廊檐听雪。所谓"人事三杯酒，流年一局棋"。棋是知己，无须言语，便可以道尽衷肠，消磨岁月。有怀才不遇者，在棋中寻到慰藉；有走失迷途的人，在棋里找到自己。

有关围棋的典故和传说，多不胜数。最得人钟爱的，为烂柯。晋朝时有一个叫王质的人，一日他到信安郡的石室山去打柴。遇见几位童子在松下对弈，妙趣天然。他驻足观看，醉于棋局中，已忘春秋。过了一会儿，童子问："你为何还不离去？"王质起身拾斧，看见木头的斧柄已完全腐烂，顿觉惊奇。待他回到村庄，已是人物全非。

山中一日转瞬过，世上繁华已千年。一局棋，足以改变乾坤岁月。更有橘中棋仙的故事，说的是几位得道高人，坐隐在一户农家的橘子里下棋。后农人掰开橘子，露了仙机，四老觉得雅地被毁，其缘已尽，便随风飘然远去。

王积薪仙师授艺，谢安下棋定军心，李世民一子定乾坤，太多的故事，给原本单调清乏的黑白棋子，漂染了神秘色彩和无尽的韵味。尽管棋局中暗藏了陷阱与杀机，有过猜忌和迟疑、焦虑和惆怅，但是非成败，转头即空，他们为的只是在对弈中获得乐趣。放下执念，平定心神，每一步都可以海阔天空。

白居易在诗中吟："山僧对棋坐，局上竹阴清。映竹无人见，时闻下子声。"这位才华横溢的诗人，一生多情，倜傥风流。年轻时爱与歌伎风花雪月，吟诗作赋。晚年常与诗友、山僧一同饮酒下棋，参禅悟道。尽管围棋不是他生命里的主题，却是他雅逸人生中不可缺少的风景。听罢丝竹之音，宴过佳肴美酒，那山寺庭院，幽篁阵里，还有一盘散淡的棋，等他下完。

宋时政治家、文学家王安石的棋看似随意淡泊，漫不经心，却透露出他的桀骜与自负。"莫将戏事扰真情，且可随缘道我赢。战罢两奁收黑白，一枰何处有亏成？"他认为围棋是一种游戏和消遣，要适性忘虑，不可苦思劳神。

王安石之所以超脱胜负，是因为棋中岁月，令他逍遥闲适。这里的黑白争夺，比起朝政上的钩心斗角，太微不足道。也许王安石对待围棋的态度不够真诚，但他宽阔的胸襟，足以超越这尺寸之间。

垂柳下，荷塘边，楸枰落子意清闲。玄机悟透低眉笑，细雨微风妒手谈。这是一种轻灵的棋趣，投入其间，妙不可言。"黄梅时节家家雨，青草池塘处处蛙。有约不来过夜半，闲敲棋子落灯花。"这是一种恬淡的意境，赋闲之时，令人神往。

都说写诗填词，作曲弹琴，要抵达一种超然忘我的境界，方可脱俗。下棋亦是如此，把一盘棋下到行云流水，再无意输赢。漫漫人生，不知要历尽多少沧桑风雨，疲倦之时，莫如邀约好友，在棋中寻觅清趣，偷来浮生一日闲。

棋的世界，不分贵贱，不论贫富，不计年岁。金庸小说《天龙八部》中，逍遥派掌门无崖子，布了一盘珍珑棋局，为的是寻找一个天资聪颖、英俊潇洒的弟子。然几十年来，各路棋中高手，用尽奇思妙想，都无法破解。唯独不懂棋的虚竹，乱投一子，瞬间破了棋局。珍珑棋局原本不重要，它的存在，只是为了牵引虚竹与无崖子的缘分，为了他们今世短暂深刻的相逢。

《红楼梦》里妙玉爱棋，常去栊翠庵与她下棋说禅的，是不解诗词的惜春。而惜春的判词，恰是"可怜绣户侯门女，独卧青灯古佛旁"。在春满画楼的大观园，只有她们与佛结缘。妙玉心明如镜，她知林黛玉和薛宝钗是园中最为脱俗的女子，她用梅花上的雪煮茶，供她们品尝。因为清高，她与黛、钗，始终若即若离。但和惜春，一局棋，便知前因果报。

棋不会主宰一个人的命运，只会让人在落子的过程中，一步步打开心中那片狭小的天地，看到烂漫山河，蓝天碧水。走过的岁月，无法重来，如同下过的棋局，不可复制。但山高水远，终有一日会相见，那时候，且在熟悉的棋盘上，找到久别多年的音容。

你看，人已散，那盘棋还未终了。

书
韵

　　这是一段漫长的文化旅程，经历了无数岁月问询，光阴沉淀，那淡雅的墨香，依旧萦绕着梦里情怀。流淌千年的水墨，如生生不息的魂魄，不曾有过干涸与停歇。白云溪水，竹月荷风，于翰墨无边的江湖里，谁是那渡河的石子，谁又是那靠岸的舟？

　　那些与笔做伴的人，一生被墨水浸染，有的被湮没在漫漫星河，不知名姓；有的被烙刻在茫茫史册，书里相逢。回首书法千年历程，一场浩荡喧闹的风云聚会，不知在何时开演，亦不知几时结束。

　　从甲骨文、金文演变为大篆、小篆、隶书，再有了魏晋的草书、楷书、行书。那些随意泼洒的墨迹，以其不同的风骨，印在往来过客的心底，古朴陈旧，却不褪色。这是时光美丽的赠予，没有谁，轻易忍心辜负。

象形文字，甲骨文，商周、春秋以及汉代的简帛朱墨手迹，唐楷的法度，宋人尚意，元明尚态，清代的碑帖之争。不同年代的书法家，用水墨来抒写其朝代的文化和自身的气度。他们在成熟中随性转变，在墨海里挥洒自如。

有人说，汉字书法是无言的诗，无行的舞，无图的画，无声的乐。的确，书法的艺术魅力，带着不可言说的妙处和韵味。一幅好字，无论是何种形体，一旦相逢，如见山水，如沐风月，如遇知音。好的书法，无关商周春秋，无关秦汉魏晋，无关唐宋明清。只是恰好的时候，恰好的心情，方有了那神来之笔，写下千秋之作。

一切际遇，皆因缘起。多少文人雅士，自成一体，在水墨世界里徜徉，但能够留名于世的，寥若晨星。更多落魄书生，为五斗米折腰，卖字为生。千里马，还需遇伯乐，并非所有的天才都被重视，不是所有的情怀都被珍惜。

有些字，看似简单无奇，却蕴藏内敛的灵魂。有些字，看似华丽深刻，品后却索然无味。可真正懂得的，又有几人？写字需练心养性，所谓十年磨一剑，不只是每日勤学苦习，更需要心的参悟。将字赋予了文化品格，再融入山水，即可自然天成，不修雕饰。

年幼时也曾习字，相信有一日，可以将自己的笔墨挂于室内，装点人生。光阴匆匆，许多愿想都已荒废，岁月给了许多沧桑，唯独墨香依旧青涩，不能如意。从古至今，流传于世的墨宝纷繁万千，能够动人心肠，如净月秋水的，又有多少？

王羲之的《兰亭集序》，可谓沧海明珠，故此得以名扬天下，傲视群雄。王羲之，世称书圣，字逸少，号澹斋，原籍琅玡，后迁居山阴，为今时浙江绍兴。他的一卷《兰亭集序》，令绍兴成为书法圣地，也将他的名字刻在书法圣堂，遥不可追。

清雅的水墨，落在宣纸上，汇聚成一条美丽芬芳的兰溪。在魏晋的兰亭，有过一场旷世难寻的风云集会。魏晋风流名士在惠风和畅之日，坐临山水，饮酒赋诗，感怀人世之无常，岁序之徙转。这一幅旷达明净的画卷，被王羲之以行云流水的笔风写下。历代书家推崇《兰亭集序》为天下第一行书。

　　王羲之的行草若清风出袖，明月入怀。世人曾用曹植《洛神赋》中的名句，来赞誉他的书法："翩若惊鸿，婉若游龙，荣曜秋菊，华茂春松。仿佛兮若轻云之蔽月，飘飘兮若流风之回雪。"可见他的字，是何等婉转秀丽，神韵天然。一册《兰亭集序》，如遇花开，明心见性。

　　后来，这世上有了许多洗砚池。但真正为书圣洗过笔的那口池塘，已被沧海桑田的岁月给填满，了无痕迹。再后来，有了"颜筋柳骨"，即颜真卿和柳公权。他们的楷书，主宰了盛唐繁华的星空。颜真卿书法筋力丰满，气派雍容端正；柳公权书法骨力道劲，潇洒逼人。

　　他们将学识修养、人生阅历、佛风道骨，凝聚于笔端，令其书艺风姿摇曳，仪态万千。颜真卿书碑足以环立成林，柳公权亦如是。但颜书一生变幻万端，柳书在字体成熟后则多同少异。故有人说，颜书像奔腾飞跃的瀑布洪流，柳书则似流于深山老林的洞水。他们以书法表达不同的生命情调，各显风华。

　　颠张醉素，说的则是洒脱不羁、风流旷达的张旭，还有性情疏放、不拘世俗的怀素。此二人，饮酒以养性，草书亦畅志。每当痛饮之后，便执笔蘸墨狂书，似落花飞舞，如飞云万状，若流水千行。那种奔放自如、不着痕迹的狂草，纵是对书法全然不解的人，亦可入境，为之感动不已。

张旭是一个纯净的书法艺术家，他将所有的情感都倾注于笔墨，如痴如醉。怀素更是一个狂僧，他因无钱买纸，便在山寺荒地种万株芭蕉，每日取蕉叶临风挥洒，旁若无人。他的住处，是一片蕉林，被称为绿天庵。他写坏的笔，葬于荒院，名为笔冢。

宋朝书法尚意，最为出色的"北宋四大家"为蔡襄、苏东坡、黄庭坚和米芾。他们在字里行间，力图展现自身的才华个性，亦追求一种超脱于古人的清新姿态。将宋时风雅气度、书香词韵，凝聚其间，给书法带来一种全新的意境，婉转多情，风流飘逸。

元代赵孟頫，创立了楷书赵体。明代书法帖学亦盛行，二沈书法被推为科举楷则，祝允明、文徵明、唐寅、王宠四子依赵孟頫而上通晋唐，取法弥高，笔调绝代。明末书坛兴起了批判的热潮，他们放浪笔墨，不拘章法，一怀情绪，满纸烟云。这种风气蔓延到清朝；扬州八怪的豪放不羁、卓尔不群，在字画中得以释放。

　　赵佶的瘦金体，郑板桥的六分半书，以及许多人自创的书法艺术，都别具一格，出类拔萃。历代书法家，有的如空谷幽兰，孤芳自赏；有的似断桥梅花，寂寞无主；有的如寒塘清莲，纤尘不染；还有的若高山雪松，冷傲清瘦。被世人赏识的，则一生功贵，尽显风流。不被认可的，则落隐红尘，自娱自乐。

　　一部好的书法作品，执笔、运笔、点画、结构、布局，皆可以看出笔墨运转的从容不迫，收放自如。那些流淌在竹简、绢纱、宣纸上的文字，深沉厚重，亦空灵孤独。多少沧桑人事被时光湮没，无处可寻，但流经于世的文化墨宝，依旧古朴自然，历久弥香。

　　想当初，文房四宝缺一不可，如今笔墨纸砚成了许多人书房追求复古的摆设。也许诗情画意的生活，真的渐行渐远。可我们依旧可以在茫茫人海中寻到知音，在平凡市井人家闻到几缕墨香，觅得几分闲趣。

　　也许，真正旷达的人生，无须浓墨重彩，几笔轻描淡写，便可知足常乐。每当为尘事所累，总会想起王维的诗："行到水穷处，坐看云起时。"人生修行，也只是为了抵达一种不可言传的意境，以求心安。所到之处，所见之人，所悟之事，唯有亲历亲尝，方能尽善尽美。

书中岁月，字里乾坤。以后的日子，倘若无人做伴，亦不寂
寞。铺一张纸，蘸几点墨，抒几卷云烟故事，写一段似水年华。
总以为难挨的辰光，就那么远去了，远去了。

古画

　　前几日，在南禅古寺一场字画拍卖会上，得了一幅《溪山仙境图》。画者于当今画坛，并无名气，而我对画亦无多深刻的认知，只凭浅薄的感觉，去认定它的精妙与拙朴。这幅写意山水，笔简意远，水墨清淡，色泽明润，古意盎然。相逢的刹那，我蓦然心动，仿佛心之所想，皆融画境。

　　夜里焚香，听古琴，煮茗品画，分明处红尘闹市，只觉人入画中，与隐逸山林的雅士做了知交。画者构图巧妙，疏密相间，笔法沉稳俊秀，墨气苍古。远处山色迷蒙，点染烟峦，恍若初雨，树木浓淡有序，遐迩分明。

一株苍松下，有一雅士抚琴听涛。一童子于茅舍檐前，烹炉煮茶。一条悠长的石径，通往山林，几点落叶，晕染苔痕。一樵夫打柴归来，似被这古雅琴声吸引而放慢了步履。远山之上，云崖边有几间草亭，若隐若现。简洁疏松的几笔，亦觉意境幽远清旷。山岩凝重，沉郁而有质感。整幅画，深远隽永，空灵疏秀，水墨浑融，苍茫淋漓。

那不是伯牙、子期高山流水遇知音，却有异曲同工之妙。记得前几年在一画廊看过一幅《竹林七贤》，疏淡笔墨，恣意流淌的意境，颇有魏晋风流。竹林清风，曲水流觞，七贤聚集于翠竹下，饮酒对弈、抚琴谈玄，衣袂飘然，风采俊逸。从画之意境，可以品出那个时代的旷达，他们越名教而任自然，其玄远之风弥漫了整座竹林。

读过南朝齐谢赫的《古画品录》："夫画品者，盖众画之优劣也。图绘者，莫不明劝戒，著升沉，千载寂寥，披图可鉴。虽画有六法，罕能尽该，而自古及今，各善一节。六法者何？一，气韵生动是也；二，骨法用笔是也；三，应物象形是也；四，随类赋彩是也；五，经营位置是也；六，传移模写是也。"这完整的绘画六法，古今又有几人可以深得其髓，皆只是各得其形，各得其韵罢了。

山水、器物、花鸟、人物，我偏爱山水和人物。工笔和写意，又喜好写意。工笔画用笔工整细致，注重写实。上色层层渲染，细节明彻入微，用极细腻端正的笔触，描绘万千物象。唐代周昉的《簪花仕女图》《挥扇仕女图》，张萱的《捣练图》《虢国夫人游春图》，所描绘的皆是现实生活，线条明净流畅，诗意风情。

而写意画用笔简练、洒脱，描绘物象的形神，传达内心的情感。用笔虽简淡，却意境深远，含蓄凝练，意到笔随。明代董其昌有论："画山水唯写意水墨最妙。何也？形质毕肖，则无气韵；彩色异具，则无笔法。"写意的绘画内涵，注重文以载道、遗形写神。王维、沈周、八大山人、石涛、吴昌硕、齐白石的写意画，意境清远，流传宽广，为后世所推崇。

有些画，介于工笔和写意之间，山水松云用写意，楼阁亭台用工笔，两者相融，墨色清润明雅，姿态飘逸俊秀，妙不可言。北宋张择端的《清明上河图》，用笔兼工带写，色泽淡雅，画境磅礴，令人叹为观止。

画者以长卷的形式，描绘汴京以及汴河两岸的自然风光和繁荣景象。疏林薄暮掩映着几家茅舍、小桥、流水和扁舟。料峭春寒，柳芽初绽，有骑马、挑担、坐轿的人，于京郊踏青扫墓归来，去往汴河畔。繁忙的汴河码头商船云集，河里船只往来，有的靠岸停泊，有的顺流而下。汴京城内人流如织，有茶坊、酒肆、肉铺、医馆、客栈、庙宇、公廨等。

街市上，摩肩接踵的行人纷纷登场，有叫卖的小贩、说书的艺人、看景的绅士、骑马的官吏、聚集的公子、行脚僧人、江湖术士，众生百态，共浴盛世和煦。画面长而不冗，繁而不乱，所画人物千余，楼阁房舍三十多栋，木船二十余艘，推车乘轿二十多件。整幅画严密紧凑，段落分明，动静相宜，聚散合理，人物形态生动逼真，品后回味无穷。

因为喜古画，曾为此收集了古画系列的邮票。东晋顾恺之《洛神赋图》、唐代阎立本《步辇图》、五代顾闳中《韩熙载夜宴图》、北宋张择端《清明上河图》、元代黄公望《富春山居图》，这些传世名画，伴随着朝代更迭，历尽沧桑，有些被珍藏宝库，不再入世，有些散落风尘，下落不明。

关于绘画讲究的技巧，墨的特性，水的运用，画的立意，笔势与造型，形态和神韵，我皆是懵懂不知。只觉好的画作，该是崇尚率真，真情流露，信笔挥毫。笔法未必严谨凝练，只要画有美感和意境，有灵魂和神韵，即为佳作。几笔淡墨，简净如水，质朴如话，疏落的线条，看似散淡，却见风骨。

"远看山有色，近听水无声。春去花还在，人来鸟不惊。"唐代王维的山水诗画，最富灵性。清幽天然，简洁朴素，蕴含深刻的禅意。你无须懂得高深禅理，只在浓淡水墨间，即可悟禅。他的画境，清新恬淡，宁静安逸，不与世争。

王维绘画理论著作《山水论》说："凡画山水，意在笔先。丈山尺树，寸马分人。远人无目，远树无枝。远山无石，隐隐如眉；远水无波，高与云齐。此是诀也。山腰云塞，石壁泉塞，楼台树塞，道路人塞。石看三面，路看两头，树看顶颔，水看风脚。此是法也。凡画山水，平夷顶尖者巅，峭峻相连者岭，有穴者岫，峭壁者崖，悬石者岩，形圆者峦，路通者川。两山夹道名为壑也，两山夹水名为涧也，似岭而高者名为陵也，极目而平者名为坂也。依此者粗知山水之仿佛也。"

王维将山水草木、春夏秋冬绘之画境，记录了那些人生故事、柔软时光。草木有情，山水有魂，王维的诗画，像雨后优雅的清风，以它灵动清新的姿态，挂在高贵的大盛唐世。人世风景经历无数变迁，唯有青山绿水不换初颜。

　　清张潮《幽梦影》说："故天下万物皆可画，惟云不能画。世所画云，亦强名耳。"唐高蟾有诗云："世间无限丹青手，一片伤心画不成。"可以画年少容颜，曼妙风光，刹那惊鸿，却亦有画不出的心伤记忆和沉默往事。

　　万物有灵，众生平等。如寄的人生，有太多缥缈的顾盼，于这昌明盛世，我依旧是那个背着世味的过客，寻找一片不染尘埃的明山净水。岁月年轮，浮生姿态，就这样流于淡墨疏烟中。有一天，亦成了经世古卷，冲淡了离合，熏染了时光。

淡酒

　　江南初雪，晚风薄暮，城市灯火阑珊。仿佛每一场雪，都是对心灵的一次净扫。万物在宁静中蛰伏，待春暖时，可以滋长些许慧根。随手翻开历史的书简，仿佛打开一坛封存了五千年的窖酿，甘醇馥郁的酒香沁人心骨，未饮即醉。试想，这个雪夜，有多少人交杯换盏，又有多少人窗下独酌？

　　白居易有诗吟："绿蚁新醅酒，红泥小火炉。晚来天欲雪，能饮一杯无？"他诗中的那杯酒，不仅温暖了风雪夜归人，更在许多人心里，种下了浪漫的情结。我对酒的喜爱，大概是缘起于这首诗。从滴酒不沾，到有了青梅煮酒的兴致，再后来更有对月浅酌的闲趣。这个过程，如同酿一壶月光酒，隽永绵长，唇齿留香。

有一坛酒，在岁月里窖藏了数千年，留存了太多的文化和故事。似乎每一本古书，都被诗酒情怀浸润过，于流年温柔的记忆中，吐露它的清芳。在那些未知的年代，有许多未知的灵魂与我们有过温暖的相逢。只是时光深沉如海，彼此在人生来来去去间，淡了痕迹。

相传，夏禹时期的仪狄发明了酿酒，之后又有了杜康造酒的传说。曹操的《短歌行》里写道："对酒当歌，人生几何？譬如朝露，去日苦多。慨当以慷，忧思难忘。何以解忧？唯有杜康。"酒从此频繁出入于诗书，可以添兴助雅，可以消愁解忧，可以颐养性情，可以熏醉四季。

"百里奚，五羊皮，忆别时，烹伏雌，炊扊扅；今日富贵忘我为？"当年浣纱女宰杀了一只鸡，给了百里奚一杯博取功名的酒，才有了这首幽怨感人的《琴歌》。而卓文君为了和司马相如长相厮守，不惜私奔当垆卖酒，一曲《白头吟》，唱尽了一个女子对爱情的忠贞与决绝。"皑如山上雪，皎若云中月。闻君有两意，故来相决绝。今日斗酒会，明旦沟水头……"司马相如正是因为喝了那杯酒，读了这首诗，才与卓文君重修旧好。

魏晋时，有竹林七贤，他们非汤武而薄周孔，越名教而任自然；弃经典而尚老庄，蔑礼法而崇放达。相邀于竹林深山，肆意欢宴，纵歌喝酒。嵇康一曲《广陵散》，成了旷世绝响。而刘伶一醉千日，更是古今奇谈。他们借酒来逃避风云乱世，在亦醒亦醉中，向后世讲述其超然凡尘的魏晋风骨。

曾经误落尘网的陶渊明，放下了彭泽令，归隐田园，采菊东篱。他亲自荷锄种田，植菊酿酒。这一生，陶潜最爱的就是菊花和美酒，他写下《饮酒》二十首，自娱自乐，悠然南山。半壶酒，一张琴，喝醉了梦回桃花源，与村叟黄童，过上安居乐业的生活。

唐朝的酒，有一种盛况空前的景象。多少文人墨客，将诗浸泡在酒里，整个长安城弥漫着浓郁的酒香，千百年来，始终挥之不去。"李白一斗诗百篇，长安市上酒家眠，天子呼来不上船，自称臣是酒中仙。"豪放诗人李白一生嗜酒，因为酒，他文思若泉涌。因为酒，他可以傲视天子，杨贵妃为他端砚，高力士为他提靴。他用五花马、千金裘换取美酒，最后醉酒捞月，葬身江河。

忧国忧民的杜甫，也有狂放不羁的一面，他写下《饮中八仙歌》。诗中八位酒仙，在长安城里，过着饮酒赋诗的旷达豪放生活。他亦有着"白日放歌须纵酒，青春作伴好还乡"的潇洒。杯中美酒，让他忘记烦忧，醇香了诗句。

浪漫多情的白居易自称为醉吟先生，他爱酒、爱诗、爱琴、爱美人。每遇良辰美景，便邀客来家，拂酒坛，开诗箧，捧丝竹。喝酒、吟诗、操琴。家童奏《霓裳羽衣》，小伎歌《杨柳枝》，酩酊大醉方歇息。日光晴好时，他郊游野外，车中放一琴一枕，车檐悬挂两只酒壶，抱琴引酌，兴尽而返。他被贬为江州司马，与琵琶歌女天涯沦落，相逢相识。他写下"在天愿作比翼鸟，在地愿为连理枝"，老时却遣散最爱的樊素和小蛮，陶然独酌，幕天席地。

如果说酒浸润了唐诗，同样酒也温暖了宋词。苏轼有"明月几时有，把酒问青天"的落落胸怀，又在如梦的人生里看悲欢离合，阴晴圆缺。奉旨填词的柳三变，则是"忍把浮名，换了浅斟低唱"。阑干拍遍的辛弃疾，将满腔凌云壮志付与杯盏，写下了"谁共我，醉明月"的词篇。

"三杯两盏淡酒，怎敌他、晚来风急。"李清照的词酒婉约而惆怅，像遣不散的闲愁，若无计可消除的相思。当年陆游和唐琬沈园重逢，唐琬亲自为陆游送上一壶酒，令他忆起前尘往事，百感交集，题下"红酥手，黄縢酒，满城春色宫墙柳"的千古绝唱。

欧阳修在《醉翁亭记》里写道："醉翁之意不在酒，在乎山水之间也。山水之乐，得之心而寓之酒也。"他一生喜酒，徜徉于山水间，日子风清月白，惬意逍遥。晚年的欧阳修，藏书万卷，在琴棋诗酒中，陶然度岁，怡然四季。他的酒，有了境界，宠辱皆忘，名利尽销。

元明清的酒，亦是潇洒疏狂，醒醉各半。酒不仅藏于诗词曲赋间，亦落在古典名著里，更飘香于平凡生活中。"白发渔樵江渚上，惯看秋月春风。一壶浊酒喜相逢。古今多少事，都付笑谈中。"《三国演义》里的酒，有青梅煮酒论英雄的慷慨豪情。

"此酒乃以百花之蕊、万木之汁，加以麟髓之醅、凤乳之曲酿成，因名为'万艳同杯'。"《红楼梦》里的酒，总有一种说不出的缠绵意味，风流韵致。

饮酒的地方，亦有多处选择。有在大雅之堂，也有在闹街酒肆。有在山水之畔，也有在翠微之中。"人生在世不称意，明朝散发弄扁舟。"李白仗剑云游，醉于扁舟之上。"葡萄美酒夜光杯，欲饮琵琶马上催。"王翰在荒凉的边塞，醉卧于沙场，不问明日是否马革裹尸。"借问酒家何处有，牧童遥指杏花村。"而杜牧在纷纷细雨的清明，是否找到了那家隐于山林雾霭的杏花村？

端午节饮"菖蒲酒"，重阳节饮"菊花酒"，除夕夜饮"年酒"。无论大小节日、婚丧嫁娶、宗教祭祀，都离不开那一壶佳酿。上至宫廷盛宴，下至百姓农家，这杯酒从千年喝到今朝，由日暮喝到晨晓。都说，天下没有不散的筵席。这锦绣如织的人间，谁会是那个与你执手交杯，又一同离场的人？

"几时归去，作个闲人。对一张琴，一壶酒，一溪云。"这不仅是东坡先生的心愿，亦是天下众生的向往。也许有一天，我安于江南某条深巷，储藏粮食，在长满绿苔的后院，挖一口深井，取清泉酿酒。再采折四季鲜果、花叶，泡上几坛玉酿琼浆，封存于时光深处，等候有缘人来开启、品尝。

清
茶

　　捡一捆梅枝，舀两勺山泉，取三两嫩芽，加四片闲情，煮一壶清茶。倒入玉盏，赏潋滟茶汤，闻馥郁清香，入口微涩，品后回甘。其芬芳深沉持久，韵味无穷。也许这样品茶，有些轻巧，但人间草木中最具灵性，得日月雨露滋养的尘外仙芽，又怎能不被世人交付真心来喜爱？

　　一杯好茶，如雨后纯雅的清风，似薄暮明净的初雪。多少繁芜杂陈的世事，苦乐交织的年华，都被抛入炉火沸水中，看茶叶若云霞舒展，翻滚沉浮。就这样被一次次冲沏，从浓到淡，由暖转凉，散发所有清香，过尽百般味道。最后，只剩下一杯无色无味的白水，一如你我洗尽铅华的人生。

茶的一生，虽然清浅苦涩，却也碧绿澄澈。茶在僧人心里是禅，在商人眼中是利，在文人笔下是雅，在百姓人家是礼。上至达官贵胄，下至市井平民，饮茶已成一种风尚。以茶思源、以茶待客、以茶会友、以茶入诗、以茶歌令、以茶说经，还有以茶兴农和以茶致富。茶就这般自然地融入寻常生活，不着世态，有着妙不可言的滋味和风雅。

国人究竟从何时开始饮茶，传扬已久，又莫衷一是。大致始于汉代，盛行于唐朝，而后经历宋明清，沿袭至今。唐人茶圣陆羽在《茶经》里记载着："茶之为饮，发乎神农氏，闻于鲁周公，齐有晏婴，汉有扬雄、司马相如，吴有韦曜，晋有刘琨、张载、远祖纳、谢安、左思之徒，皆饮焉。"

《神农本草经》曾有记载："神农尝百草，日遇七十二毒，得荼（茶）而解之。"可见，早在神农时代，就已发觉茶树的鲜叶可以解毒。但茶道创始者，为著书《茶经》之人陆羽，故他被后世称为茶圣、茶仙。此后，举国上下盛行饮茶之风，茶成为一种文化。让修行人在茶味中，寻到清寂与平和的境界；也让芸芸众生在大自然的草木里，感受到人间生灭的故事。

陆羽有一首著名的《六羡茶歌》："不羡黄金罍，不羡白玉杯。不羡朝入省，不羡暮登台。千羡万羡西江水，曾向竟陵城下来。"是他教会了我们，不要停留在尘世高贵的荣华里，应该俯身和平凡的草叶，开始一段深刻的交集。他品格如茶，愿受风雪浸洗，无惧岁月消磨，亦不慕宝马香车、功名厚禄。

陆羽，字鸿渐，又号茶山御史。他一生嗜茶，精于茶道。幼时长于寺中，学会识字，懂得烹茶。后不愿削发剃度，逃出寺庙，辗转到一个戏班，做了伶人。再后来遍历天下，尝尽各地名茶，誓要写一部有关茶树产地、生长，以及采茶、制茶、品茶的工具和方法等多方面的茶叶书籍。

陆羽隐居山间，闭门著述《茶经》。其间他多次独行山野，深入农家，采茶觅泉，尝茶品水。后人与茶，结下难了的缘分，陆羽是为前因。饮茶的诗作、饮茶的故事、饮茶的精髓和饮茶的典故，至此浩如烟海，在茶室雅间、门庭街巷竞相传颂。

所以有了"寒夜客来茶当酒，竹炉汤沸火初红"的诗句，有了"且将新火试新茶。诗酒趁年华"的雅趣。多少文人墨客，聚集在雪夜炉火边，品茗为乐，赋诗寄兴。或是寻常百姓家，亲友相会，沏上一壶好茶，几碟点心，随意谈笑，回忆往事，感受相聚的温暖。

世间的熙攘，在一盏茶中得以沉静。水的慈悲和含容，让许多人学会了感恩，懂得有些别无所求的付出，比得到更为快乐。茶可以洗去风尘，温润心情；可以省略繁复，留存澄净；可以过滤浮躁，回归淡然。

有茶仙之名的卢仝，在《走笔谢孟谏议寄新茶》诗中吟道："一碗喉吻润，两碗破孤闷。三碗搜枯肠，唯有文字五千卷。四碗发轻汗，平生不平事，尽向毛孔散。五碗肌骨清，六碗通仙灵。七碗吃不得也，唯觉两腋习习清风生。"这著名的七碗茶诗，道尽了茶的神性和通透，品后飘飘欲仙，如梦似幻。

茶的品类繁多，有绿茶、红茶、白茶、黄茶、黑茶、花茶、乌龙茶、普洱茶之分。然这些茶，又被细分在不同地域，有着不同品性，不同汤色和香味。茶，长于人烟稀少的山林，经云雾日月料理，远离浮尘，通了性灵。每个人，都可以找到一种与自己情投意合的茶，取之精魂，消除执念，在茶水里品味宁静。

《红楼梦》里有一回，栊翠庵茶品梅花雪。当日贾母携刘姥姥及众人行至栊翠庵，妙玉亲自奉茶与贾母，贾母道："我不吃六安茶。"妙玉笑说："知道，这是老君眉。"可见贾母与老君眉甚为投缘，老君眉茶形细长如眉，银毫显露，寓意长寿，味则淡雅。这与贾母尊贵的身份相符，她偏爱清淡量微的茶。六安茶虽为名茶，但滋味醇厚，香气馥郁，经久耐泡，倒与刘姥姥的气质相融。

品茶的器皿，亦有讲究。那日妙玉取出了自己珍藏的几个精致的瓷杯、盖碗、玉斗等，分别给贾母、黛玉、宝钗和宝玉盛茶。但凡普通人家，所用的无非就是陶具、紫砂、瓷器，甚至木碗、竹盅。富贵之家，则用金杯、玉盏，或一些古玩奇珍来寄兴风雅。

煎茶的水，亦有选择。雨水、雪水、露水、泉水，皆可用来煎茶。妙玉给贾母喝的是旧年蠲的雨水，而给黛玉和宝钗的，则是自己收藏了五年不舍得喝的梅花上的雪水。几个简短的片段，可以看出妙玉是一个品茶的行家，亦可以看出饮茶不仅是时尚，更是无穷幽趣。

一壶好茶，不仅要选好的品种，还要择不同的器皿、不同的水，在不同的节令、不同的天气以及不同的环境，和不同的人品尝，方能淋漓尽致地呈现出其天然韵味。这一切，都是大自然给人类最珍贵的馈赠。我们要用一颗出离而清淡的心，来品味这草木精魂，人间甘露。

茶有性格，有气质；茶有品德，也有风骨。品茶不仅可以明了心性，还可以延年益寿。那一壶茶，从遥远的唐宋，走过明清，被无数个春秋熬煮，汤色依旧碧绿清澈，香味清雅醇郁。原来茶也可以如酒，封存在岁月深处，和时光争输赢。

弱水三千，只取一瓢饮。一切草木，皆有情意。只要你耐心品尝，定然可以寻到一盏只属于你的茶。任何时候与之相逢，都不会太晚。让我们在茶水中，种下善因，广结善缘。倘若看倦了世情，走倦了风物，不如坐下来，生火煎茶。把一壶茶，喝出慈悲喜舍，喝到波澜不惊。

第二卷◎一纸诗书一年华

一有一种风雅一趁年华一

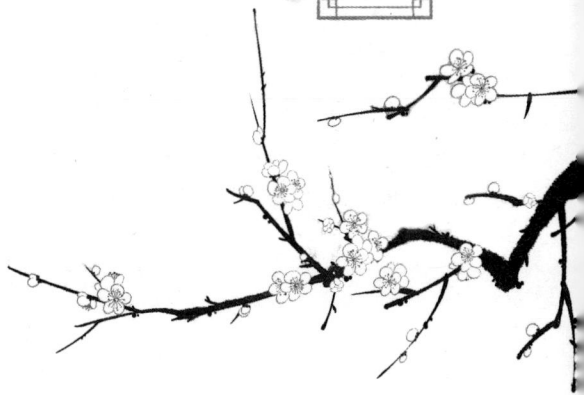

诗
经

折庭院的竹为舟，筑雨后的虹为桥，穿过唐风宋雨，朝三千年前的《诗经》走去。千古繁华，人间乐事，像一缕薄风，一朵流云，被时光抛远。那些隐藏在岁月背后的片段，尘封于光阴中的婉转词句，被安放在一卷竹简里，写满了古老又清浅的记忆。

一个叫诗经的年代，在寻常的春秋里悄然开场。它如同一代王朝，经历盛衰荣枯，无常幻灭。据说，有关《诗经》的故事，长达六百年之久。六百年，从西周时期至春秋中叶，这段漫长的过程中，那些古人就已经懂得如何用优美的文字，来含蓄委婉地表达内心自由奔放的情感。

　　《史记·孔子世家》记载："古者《诗》三千余篇，及至孔子，去其重，取可施于礼义……三百五篇……"于是，这三百零五篇诗歌被编撰为《诗经》，分成《风》《雅》《颂》三部分，成为中国第一部诗歌总集。过往的著诗者被湮没在历史风尘里，早已无从寻找。尽管老去的诗句已经沾满苔痕，但其内在的思想却清明如镜。我们可以擦去岁月尘埃，看到《诗经》里六百年的社会生活，世态民风。

　　孔子说："《诗》三百，一言以蔽之，曰：'思无邪。'"他还说："不学诗，无以言。"我们与古人原本相隔于遥远光阴的两岸，却因为有了诗歌传情，得以心意相通。一段平凡的际遇，足以穿越数千年的文明沧桑。文字之奇妙，令人无法猜测，看似简单的字符，平淡的韵脚，却能够变幻出无穷意境，让人咀嚼出千种韵味，万般情意。

　　《诗经》的妙，在于读后清澈心灵，如薪火煮水沏的一壶春茶，天然本性，不修雕饰。带着斜柳细雨的心事，暖日桃花的情趣，所以诗句里有一种碧水流云的高远，明月清风的疏淡。那是一个时代的民歌，不仅描述了普通人民劳作的生活情景，也诉说了寻常男女美丽的爱恋，同时又将历史上风云时事和春耕秋收的日子，用诗的方式生动而传神地表达出来。

"关关雎鸠，在河之洲。窈窕淑女，君子好逑。参差荇菜，左右流之。窈窕淑女，寤寐求之。求之不得，寤寐思服。悠哉悠哉，辗转反侧。参差荇菜，左右采之。窈窕淑女，琴瑟友之。参差荇菜，左右芼之。窈窕淑女，钟鼓乐之。"

《关雎》是《诗经》的第一篇，描述了一个俊朗青年，对一位窈窕淑女的无限爱慕。爱情，是千古不变的主题，而《诗经》以世间纯美的爱恋为开端，给我们讲述遥远年岁里的浪漫故事。青青河畔，悠悠绿水，在洁净无尘的晴空下，有一位美丽善良的采荇菜少女，不经意落入别人的梦中，被多情的过客守候成最美的风景。

她不知道，她犯下了一个怎样的美丽错误。她错在，她的倩影如二月细柳，容颜似三月桃花；错在只顾着采摘荇菜，而随意挽起她蓬松乌黑的发，迷离了青年的双眼；错在将自己晾晒于阳光下，让青春一览无瑕。她的美，给了那过路青年温柔的憧憬，牵动了他美丽的哀愁。于是，他写下了这首渡河的诗歌，希望有一天，可以穿越这条爱情的河流，与梦中的少女倾诉衷肠。

后来，在一个蒹葭苍苍的霜秋，还有一位伊人，在水畔犯下了同样美丽的错误。"蒹葭苍苍，白露为霜。所谓伊人，在水一方。溯洄从之，道阻且长。溯游从之，宛在水中央。"这首《蒹葭》，仿佛任何时候读起，都带有一种苍茫深秋的清凉，一种百转千回的企盼。

美丽的佳人，缘何伫立在河水之畔，让爱慕她的人，隔着秋水含烟，相看渺渺。想要逆流寻找，奈何道路险阻，顺流追去，又宛若在水中央。只能在河岸静立沉思，时而徘徊翘首，只希望可以涉水而过，做她裙裾下的一株芦苇。

然而，千百年了，他始终在岸边走走停停、寻寻觅觅，看过流光偷换，那条缘分的河流，始终没有跨越。而佳人，被尘封在秋水一方，依旧可望而不可即。平凡如他，又怎能像达摩祖师那般，折一根芦苇，抛入江中，幻化成扁舟，飘然渡江。或许有时候，距离的美胜却了十指相扣的温暖。

相思如雨，敲打在恋人多思善感的心上。"青青子衿，悠悠我心。纵我不往，子宁不嗣音？青青子佩，悠悠我思。纵我不往，子宁不来？挑兮达兮，在城阙兮。一日不见，如三月兮。"有那么一个女子，芳心萌动，为等候那个身着青衣的良人，在落日城头，往返徘徊。如影随形的，只有一轮清朗的明月。

难道昨日的海誓山盟都成了过眼云烟？纵使我不去看你，你亦不该断绝音信。果真是心意相通，也该知我会在此处守候，为何就不能主动寻来？倘若寻来，我不在此，亦不可轻易更改当初约定，辜负情缘。

少女如此细腻婉转的心事，让读者也能感受其相思之苦。也许只有爱过、等待过的人，方可深知其味。而后才有了《采葛》里一日不见，如隔三秋的惆怅与悲戚。"彼采葛兮，一日不见，如三月兮。彼采萧兮，一日不见，如三秋兮。彼采艾兮，一日不见，如三岁兮。"

都说恋爱中的女子最为美丽，可她们最惧人生分离。再好的年华，也禁不起孤独光阴的消磨。思念如利刃，瘦减她们的容颜。原来她们期许的，也只是"执子之手，与子偕老"的简单心愿，是尘世最平淡的幸福。

"死生契阔，与子成说。执子之手，与子偕老。"爱情没有年轮的界限，隔着数千年的风雨时空，亦有生死与共的深情承诺。世事迁徙，历史更换了无数次天空，唯有爱情，始终如一。"窈窕淑女，君子好逑。""静女其姝，俟我于城隅。"那些对纯美爱情的追求，从古老的诗经时代开始，何曾有过停歇？

上一世，你为樵夫，我为浣女。这一世，你为才子，我为佳人。如果说生命是一场无可终止的轮回，那爱情则是这一切际遇的前因。有时总叹怨自己错生了年代，否则，可以活在一个单纯的世界里，谈一次单纯的恋爱，写一首单纯的诗。却忽略了，其实早在远古，世间红男绿女，就已开始演绎聚散离合的故事。

"投我以木桃，报之以琼瑶。匪报也，永以为好也。"无论哪一世有过相欠，纵使结草衔环，亦会相报。假如我提前老了，注定不能与你同行，也会在秋水河畔，读一首名为《蒹葭》的诗。你若不来，我怎敢真的离去？

楚辞

　　为寻清幽风景，独自漫步于山间。江南五月，梅花早已落尽，碎成残雪。寂静山林，树木青葱，因杳无人烟，苔痕深绿，似乎藏隐了许多不为人知的故事。而我总会想象，于这空谷幽林，云深雾浓处，可以觅得一间茅舍，一户人家。一童子捡松针煮酒，炉正沸。又或者，邂逅屈子笔下那位身披薜荔、腰束女萝的山鬼，与她采折一束兰草，说几段人间情话。

　　都说空谷幽兰，可遇不可求。万物皆因缘而起，亦因缘而灭。世有痴情者，独爱人间草木，在有限的时光里，与之温柔相处。陶渊明采菊东篱下，悠然见南山。周敦颐挖池种莲，醉心浸月小岛。苏东坡爱竹，无论被放逐何处，必居住于修竹庭院，与之朝夕相伴。

喜欢与花木结友，和鱼鸟相知的，多为品格端庄之人。他们在纯净的自然风物中，找寻到远离尘世的声音，方可化风为曲，听水为歌。我与梅花，做了知己。而两千多年前，那个不流俗的屈子，爱的则是香草。也许，只有草木才能慰藉那些高傲孤独、洁净无瑕的灵魂。

草木让岁月有了气息，让原本浓郁的浮世有了清淡的分芳。自古隐士高人，大多怀才不遇，为世不容，便生了山林之志。愿避万丈红尘，于山水灵秀之地结庐而居，远离车马喧嚣。草木林泉，可以治愈心中伤痕，让他们甘愿抛弃荣华，淡忘名姓，与之同生共死。

能将一段哀伤，写得如此缠绵不绝，挥之不去，揽之又来的，也就只有《楚辞》了。那段美丽的伤情，亘古连绵着，令人上下而求索。炫丽的词笔，古老的辞卷，似乎也在芝兰与麝桂的浸熏下，芳香无比。有那么一个人，用香草也掩不起他心中彷徨的忧伤。

"扈江离与辟芷兮，纫秋兰以为佩。汩余若将不及兮，恐年岁之不吾与。朝搴阰之木兰兮，夕揽洲之宿莽。"

屈原，战国时期楚国人，创造了一种诗体叫楚辞，被世人称为诗歌之父。他满腹才华，胸怀大志，也曾受楚怀王赏识，主张对内举贤能，修明法度，联齐抗秦。后遭贵族排挤，被怀王疏远，逐出郢都，开始漫长的流放生涯。再后来秦国大将白起带兵南下，攻破楚国国都，亦粉碎了屈原最后的梦想。他自知无力回天，以死明志，投身汨罗江，与这尘世，无来无往。

在汨罗江畔的玉笥山，屈原写下了千古佳作《离骚》《天问》，尽现楚辞风华。"亦余心之所善兮，虽九死其犹未悔。"为着心中眷恋，飞蛾无悔地扑向了烛火，想用焚灭，来诉说自己对火焰的执着。蝴蝶飞不过沧海，但它的双翅，却可以在翻涌的浪花中，留住影子的翩然。

那个为着美好理想而求索不止的屈子，一生浪漫多情，他佩兰餐菊，被放逐之后，从此只认香草为知交。四季流转，花谢花飞，纵是花落人亡，亦无怨不悔。可他真的放下了吗？那风雨摇曳的山河，始终是他尘世中割舍不断的牵挂。

"鸟飞反故乡兮，狐死必首丘。"一个人对故国的留恋，是游子寄在天边的云。就如飞鸟，穿过暮雪千山，经受风霜苦雨，都放不下心底的归程。而狐狸死去之时，它的头部总是朝着出生之所。此番情怀，是对生命的独钟。倘若没有这般情深，又何来千古离愁别怨，何来那许多的魂牵梦萦。

屈子怀念他的楚国，尽管几度谪迁，终不能冷却心底对故乡的缠绵。"沧浪之水清兮，可以濯我缨。沧浪之水浊兮，可以濯我足。"曾有江边渔父相劝，处世无须过于清高。世道清廉，可以出来为官；世道浑浊，可以与世沉浮。然无论世道如何，都未能改变屈子心中的追求。既无法随波逐流，只好让汨罗江清澈的水，还与他一世的清白。

《楚辞》是我国第一部浪漫诗歌总集。因诗歌形式以楚国民歌为底色，篇中引用楚地风物和方言词汇，故叫楚辞。宋代黄伯思在《校定楚辞序》中概括说："盖屈宋诸骚，皆书楚语，作楚声，记楚地，名楚物，故可谓之'楚辞'。"

西汉刘向将屈原、宋玉的作品以及汉代淮南小山、东方朔、王褒、刘向等人承袭模仿屈原、宋玉的作品共十六篇辑录成集，定名为《楚辞》。后王逸增入己作《九思》，成十七篇。在其各篇著作中，以屈原和宋玉的作品最受注目。

"搴汀洲兮杜若，将以遗兮远者。时不可兮骤得，聊逍遥兮容与。"《湘夫人》是屈原作品《九歌》组诗十一首之一，为祭湘水女神而作。其主题描写的是相恋者生死契阔，会合无缘。仿佛一直在迷惘中等候，不知那梦中的女神，几时才能来赴约？

"袅袅兮秋风，洞庭波兮木叶下。"纵是万木凋零，秋水望断，亦不见佳人踪影。汀洲上采来芳香的杜若，该如何赠予远来的湘夫人。虽未能如约而至，错过相会佳期，然彼此忠贞不渝，就算不得重逢，亦可天长地久。

"采三秀兮于山间，石磊磊兮葛蔓蔓。怨公子兮怅忘归，君思我兮不得闲。山中人兮芳杜若，饮石泉兮荫松柏。君思我兮然疑作。"那个在风雨里痴心等待情人来相会的山鬼，亦在盼而不见的怅然中备感哀怨。世间草木有情，何况神灵？湘夫人的幽怨，山鬼的绝望，直指人心。这些有情的神灵，何尝不是屈子，他的等待没有结局，却让《楚辞》成了古今最悱恻、最多情的诗篇。

无论是屈原的《离骚》，还是宋玉的《九辩》，都是在与神灵的同游中，寻找尘世不可多得的相知。"悲哉秋之为气也，萧瑟兮草木摇落而变衰。憭慄兮若在远行，登山临水兮送将归。"

千百年来的悲秋，遣之不去的情怀，因宋玉而起，亦给《楚辞》添增了几段忧伤的柔肠。

万木无一叶，客心悲此时。多少人，在秋天的渡口送往迎来，把故事演成了昨天。犹记年少时雨夜读红楼，病卧潇湘馆的林黛玉，在风雨竹摇的秋夜写下一首《秋窗风雨夕》。其中有一句："谁家秋院无风入？何处秋窗无雨声？"令人无尽哀怨。落叶萧萧、寒烟漠漠的秋景，无论是诗里诗外、古时今朝，都是一样地美丽，一样地神伤。

"山有木兮木有枝，心悦君兮君不知。"不知道湘夫人是否闻到杜若的清芬，已经如约而至，与君共守天荒？不知道幽居在空谷的山鬼，是否换了新装，依旧在云海中痴情地寻找，孤独地等待？

那个写着辞赋、梦游神女的美貌男子，不知在为谁招魂？还有一位披着长发，投身于汨罗江的浪漫诗人，到底去了哪里？也许心中所想，只有在红尘之外，才能不期而遇，才能如愿以偿。

汉赋

昨日闲庭赏落花，万紫千红化作春天最后的清雅。此时窗外微风白云，翠竹浓荫，始知早已入夏。江南风物，无非画桥烟柳，水榭楼台，却成了世人永远看不倦的风景。在人生繁华的底色里，心中的苍茫，唯有自己知道。

多少人为了追求奔走浮世，无惧风尘，而我总是不懂得如何经营生活，虚度了光阴。我不过是生活的旁观者，静守月圆花开，愿做空谷幽兰，沉浸于安静古老的事物，独自怡然。仿佛只有在静美无言中，方能看见初时模样，不改旧日情怀。

有如此刻，我在绿纱窗下铺纸研墨，微风中飘散着一抹薄荷的清凉。这样的柔软，是岁月赐予的恩德。低眉敛神，执笔临摹曹植的《洛神赋》。"其形也，翩若惊鸿，婉若游龙，荣曜秋菊，华茂春松。仿佛兮若轻云之蔽月，飘飘兮若流风之回雪……"娟秀的蝇头小楷，始终少了几分灵动和飘逸。

曹子建的文采，果真是风骨不凡。赋中那个翩若惊鸿、婉若游龙的宓妃，做了洛水之神，千百年来，守着洛河，看尽波涛汹涌，时光远去。每次低头看水，总会想起三国时期，那个如同洛神的女子甄氏。而曹植的一篇《洛神赋》，留给我们的，不仅是清婉绝代的文字，还有一个缥缈美丽的传说。

许多年前，我曾说过，写诗不如填词，填词不如作赋。那时读过司马相如的几篇大赋，文采华茂，气势恢宏，似滔滔江水，起落有致，韵味无边。后来偏爱精致清丽的小赋，篇幅简短，却耐人细品追思。再后来喜欢清词短章，言语明净，意味深长。直到爱上五言绝句，方知人生至简为美，朴素为真。有时候，寥寥几字，足以道尽衷肠。

汉赋自有它的风骨和气韵，是汉代独有的抒情散文。不似小笺笔墨，不似古调长词，唯蘸浓情入笔，铺洒淋漓，方得汉赋韵致。繁复的言语，有时反而难以直抵人心，但华丽的篇章，灿烂的铺陈，却为世人所钟情。借着大汉盛世，从楚辞绚烂的香草间，跳跃而出，化为鹏鸟，俯瞰锦绣山河，落笔处壮丽万千，潇洒肆意。

劝百讽一，是汉赋的弊端，亦是风云聚散处，遮掩不住的风采。那支流光溢彩的笔，扫过南泽北原、西漠东海，途经长安车水马龙的街市，繁华富丽的宫殿，地阔千里的苑囿，高耸入云的楼台。本是讽谏之意，却穷极声貌，写成了颂扬之调。无心种花，春风千载，织就江山云锦。

汉赋里的词句，如散落在人间的珍珠，满地璀璨晶莹，淹没了岁月长河里那些寂寥无声的等待。汉赋最鼎盛时期，在两汉四百年间，之后渐渐被诗歌取代，退出了历史舞台。但汉赋的经典文辞，语言魅力，却流经千古，无处不在。

十年一剑，是剑客的荣耀；十年一文，为文人的自豪。司马相如早年读书练剑，做了汉景帝的武骑常侍。然景帝不好辞赋，相如纵使才高八斗，亦无知音赏识。后来一篇《子虚赋》，深受汉武帝刘彻赞赏。更因其文采风度，令才貌双全的卓文君爱慕，与之私奔，甘愿当垆卖酒，不离不弃。

之后的《上林赋》一出，司马相如被刘彻封为郎。深受皇帝宠信的相如，被功利所诱，竟生纳妾之心，全然忘记为之一往情深的卓文君。后卓文君写下一首《白头吟》："皑如山上雪，皎若云中月。闻君有两意，故来相决绝。……凄凄复凄凄，嫁娶不须啼。愿得一心人，白头不相离。"司马相如读罢惭愧万分，如梦方醒，始知文君情意，山高水远，长相厮守。

汉赋正式形成，当属枚乘的《七发》。这篇赋，主旨在于劝诫贵族子弟，莫要太过沉溺于安逸享乐。他用音乐、饮食、乘车、游宴、田猎、观涛，这些大千世界的生动乐事，渐次改变太子奢靡的生活态度，填满了他心灵的空虚，医治了他的病症。刘勰说："枚乘摛艳，首制《七发》，腴辞云构，夸丽风骇。"

古有登高作赋，读赋之时，亦择明光洁净处，任思绪乘着灵感的舟楫，行过万水千山，方能体会其间妙处。世情故事，草木鸟兽皆付文辞，自西汉词笔，转入东汉抒情。那辽阔的文字山河，在无穷无尽的想象中，见证了大汉王朝的兴衰起落。

"眉如翠羽，肌如白雪，腰如束素，齿如含贝。"宋玉在《登徒子好色赋》里对邻家女子容貌的描述，成了千百年来留在世人心中不可替代的绝艳。然而这样一位绝色女子，登墙偷窥宋玉三年，宋玉始终对她不予理睬。他不弃糟糠之妻，与之红尘携手，相约白头。

"蒙圣皇之渥惠兮，当日月之盛明。扬光烈之翕赫兮，奉隆宠于增成……白日忽已移光兮，遂晻莫而昧幽……神眇眇兮密靓处，君不御兮谁为荣……仰视兮云屋，双涕兮横流。"班婕妤的《自伤悼赋》在历史上亦落下了明丽的一笔。也曾得到皇帝的恩宠、许皇后的喜爱，后赵飞燕入宫，成了班婕妤悲剧的开始。

曾经红绡帐里，鸳鸯同枕。如今她的居所，秋草萋萋，落叶不扫。她的自悼，无非是一个失宠者，将含蓄哀婉的深怨，隐藏在文字里。这般才貌风华的女子，也不过明媚鲜艳了几载，便被帝王遗忘于后宫，做了阑珊角落里的一株小草，无力与世抗衡，与人相争。

"夫何瑰逸之令姿，独旷世以秀群。表倾城之艳色，期有德于传闻。佩鸣玉以比洁，齐幽兰以争芬。淡柔情于俗内，负雅志于高云。悲晨曦之易夕，感人生之长勤。同一尽于百年，何欢寡而愁殷。"陶渊明的《闲情赋》用华美抒情的文字，生动细腻地描写世间男女的爱情。

"愿在竹而为扇，含凄飙于柔握；悲白露之晨零，顾襟袖以缅邈！愿在木而为桐，作膝上之鸣琴；悲乐极以哀来，终推我而辍音！"陶渊明一改往日朴实自然的文笔，承接汉赋的语言风格，落笔缠绵，柔婉多姿。时而波涛惊起，时而暗流回还，终而不绝，止而不息。陶潜终不愧为写景抒情的大家，读他的赋，其间的荡气回肠，远胜于一些词句短章。

司马相如、扬雄、班固、张衡所撰写的大赋，亦有此番潇洒气韵。而赵壹、蔡邕、祢衡的小赋，则是另一种风情雅致。汉赋盛极一时，如烟花绽放，璀璨了大汉的天空，又美丽了以后许多光景。

左思费了十年时间，写成了《三都赋》。那时间，惹得洛阳纸贵，许多人竞相抄写，纸张供不应求。可谁又知道，在洋洋洒洒的大赋背后，隐藏了多少不为人知的故事。他苦集辞藻，阅览万卷之时，别人正在闲踏春花，静赏秋月。

"黯然销魂者，唯别而已矣！况秦吴兮绝国，复燕宋兮千里。或春苔兮始生，乍秋风兮暂起。是以行子肠断，百感凄恻。"江淹的一篇《别赋》，不知道牵动了多少人的情肠。以为看惯了人生聚散离别，当淡然心弦，可每次临别，总忍不住会黯然神伤。

就这么远去了，那些沉浸于汉赋里的时光。黯然销魂者，唯别而已矣。春去秋复来，时光还在，是我们在老去。回首处，还有谁一如既往地在那年相逢的路口将你等候？再长情的人，也有回不去的曾经。心静时，临一篇小赋，守一片流云，昨日的欲求，竟这般淡去了。

唐诗

　　江南的春，似乎与别处总有一些不同。同样是姹紫嫣红开遍，却自有一种不可言说的风流韵致。如梦飞花，丝雨心情，虽然花事短暂，但终究比人长情。年年如约而至，看尽细水长流，信守地老天荒。

　　许多年前，有个叫杜牧的诗人写下诗句："南朝四百八十寺，多少楼台烟雨中。"从此江南的春，总是萦着淡淡烟雨，如诗如画，美得令人神伤。这个季节，适合喝茶读书，温柔厮守，只争朝夕。

　　赏花。煮茗。折柳。抚琴。于这清平俗世，不知道还有多少人，会因为不能目睹长安古道那场繁花开落而感到遗憾。盛唐诗宴早已散去，曾经相约了同修共好的诗客，消失在茫茫岁月的风尘中。千古繁华，也只是瞬间幻灭，刹那云烟。那些意犹未尽的诗韵，在安静的时光里久久回响，似有若无。

唐诗，我在春天寻你，一如找寻前世那个作诗的自己。以为走过山长水远的日子，昨天的记忆该是杳无音讯，不留痕迹。看过多少物是人非的风景，到底还是放不下你。我与唐诗，不过在梦里有过相逢，年岁深久，总如初见。

在最美的年华，诗书相伴的光阴，谁曾幸免。有些人，原本并不相识，却因了一首诗，而相知如镜。诗言志，亦咏情，只需单薄的几个词句，就可以清澈地看到一个人的内心。唐朝，是诗的春天，万紫千红，开在长安城富丽的枝头，难舍难收。一如诗中所云："春色满园关不住，一枝红杏出墙来。"

最早的诗歌，见于西周至春秋时期的《诗经》。而后历经秦汉、魏晋南北朝。直至隋唐盛世，这个将诗歌演绎到极致的年代，后来竟再也没有遇见过这般诗意盎然的春光。这是诗的国度，似一个漫长的春天，从初唐、盛唐、中唐，再到晚唐，整整几百个年岁。回首处，却也只是几场人生聚散，几次山河换主。

　　以后的诗，无论怎么写，都消减了唐诗的大气、高贵、端然与惊艳。那个出口成诗的年代，被封存在一座叫作长安的城里，任何时候想起，都惊心动魄。而唐代诗人，犹如漫天星子，颗颗璀璨明亮。李白、杜甫、王维、白居易、李商隐，皆为举世闻名的诗客。

　　他们为了圆一场尊贵的梦，奔赴长安，醉于大唐天子脚下。这些诗人的仕途或许一波三折，但是他们于厚重的文史上，却留名千古。在这个灿烂的诗国，你可以不够富贵，可以没有权势，却不能缺少浪漫，丢了诗情。

　　杜甫作诗写李白："天子呼来不上船，自称臣是酒中仙。"唐玄宗赏慕他的才华，愿陪他吟诗弄笛，醉酒欢歌，然李白有青云之志，始终不被君王所用。每日御前行走，不过是帝王的诗童，如此恩宠，非他所愿。不如仗剑江湖，漂泊天涯，做个风流潇洒的诗客。所以他生出那般感叹："人生在世不称意，明朝散发弄扁舟。"

　　如果说诗仙李白是浪漫主义诗人，那么诗圣杜甫则属于现实主义流派。其诗风沉郁顿挫，忧国忧民，写下"安得广厦千万间，大庇天下寒士俱欢颜"的铿锵诗篇。他说："鸿雁几时到，江湖秋水多。文章憎命达，魑魅喜人过。"

有诗魔之称的白居易，一生凌云之志，终付东流。在被贬为江州司马时，他写下千古长诗《琵琶行》："同是天涯沦落人，相逢何必曾相识。"他亦是倜傥风流，为消人生愁烦，以伎乐诗酒放纵自娱。小蛮和樊素是他至爱的姬妾，他老时，曾遣散她们离去，不忍她们陪同自己受苦。一首《长恨歌》："在天愿作比翼鸟，在地愿为连理枝。天长地久有时尽，此恨绵绵无绝期。"写尽了人间情爱，动人心肠。

山水诗人王维，以画入诗，以诗入画。在不经意的落笔间，总带着淡淡禅意，空灵流动。"明月松间照，清泉石上流。""人闲桂花落，夜静春山空。""行到水穷处，坐看云起时。"他的诗清新淡远，优雅脱俗，简约的笔墨，描绘出寂静幽清的画卷，悠然飘逸，令人神往。

曾经，诗成了生活中不可缺失的美丽。我们宠爱着它，依赖着它，亦沉醉于它风雅的意境里，难以自持。后来，那个离不了诗的年代，被时光的潮流所淹没，写于历史篇章中，徒留"此情可待成追忆，只是当时已惘然"的无限感慨。

告别了大唐盛世的漫天繁花，如何还能写出"千山鸟飞绝，万径人踪灭"的空旷意境，如何还有"相看两不厌，只有敬亭山"的痴绝。尽管后世再没有如唐人那般深情于诗，但从不敢遗忘，依旧执着痴迷于它的风采。宋元明清亦有绝代诗歌，有风华故事，但终少了那份端雅姿态，却有另一番世情况味。

想起《红楼梦》的大观园，住在里面的人，个个能诗会词，雅致多情。她们是一群幽居在绣户闺阁的女子，以诗为乐，以词寄怀。聪慧灵巧、绝世无双的林黛玉，高贵娴静的薛宝钗，锦心绣口的史湘云，还有气质美如兰、才华馥比仙的妙玉，以及探春、宝琴、香菱，都是诗样女子。她们起诗社，行酒令，和人间花柳青春做伴，消遣光阴。

曾经沧海难为水，除却巫山不是云。美好的时光，成了云水过往，多少故事，随着诗歌，还有那个春天的落花，一起埋葬。但我们依旧读诗、写诗、爱诗。那么多的风景等着你去追寻，那么多的人等着你去珍惜，当无惧尘世浊浪，否则与诗的相逢，又隔百年。

吃酒赏花，吟诗听曲。倘若你执意做个闲逸之人，甘守寂寞，时光亦会对你宽容。"触目横斜千万朵，赏心只有两三枝。"世间风物，总有一些，可以碰触你心底的柔软。阳光下打盹，细雨中漫步，夜灯下读书，或枕着幽窗入睡，梦回一次长安，和某个诗客，裁景对句，片刻光阴即作一世。

或许平生从未真的遇见，字里相逢，也是缘分。想来无论在哪个朝代，都可凭借一首诗、一阕词、一段曲，心意相通。如此我便安守人生，枯荣随意。做一个秋水女子，在温和的时光里，和幸福，双双终老。

宋词

想来，我定然是错生了年代，不然为何每次翻开宋词，都有种似曾相识的亲切感？仿佛我的记忆，装满了与这个朝代相关的明丽景象。宋朝，一个滋长着性灵，书写着柔情的时代。不知道，那婉转了千年的辞章，和这莺歌燕舞的春光相遇，会是怎样的模样？

倘若是宋朝，我不愿做那朱楼绣户的侯门千金，只愿做一个守着柴门篱院的农女。在春暖时节，种几树桃柳，等候赴京赶考的书生，拿自酿的梅子酒，和他们换几卷诗词。始信，再繁盛安稳的朝代，都会有不合时宜的悲哀。唯有远离红尘乱世，劈田筑篱，和某个有缘人执手相看，平淡一生。

有一种风雅

趁年华

词，在美丽的宋朝，若似锦繁花，不可收拾。它在每个宋朝人的心底，种下了伤感与柔情，以浪漫典雅的姿态，装点着他们的故事和梦。无论他们在这个朝代充当怎样的角色，是文人，是渔郎，是佳人，是浣女，都固护着词的美丽和风雅。

而我亦想将心灵投宿在宋朝，用尽所有时光做抵押，只为了找寻那段消逝数百年的风景。在宋朝，今生的故事慢慢消瘦，前世的记忆渐次丰盈。也许我和每个宋朝人一样，沉醉在南唐后主的词卷墨香中，不能醒转。看那落梅如雪乱，拂了一身还满。

或许，我是东坡居士词里的佳人，在春光明媚的墙院内，荡着秋千，让墙外多情的行人，从此为我魂牵梦绕。又或是易安的闺中知己，与她同船共渡，在莲塘举杯邀月，畅饮过往。再或许，我是镜湖之滨的浣纱女，陪着那位不取封侯，独做江边渔父的陆放翁，一起闲看山水，静守日落烟霞。

宋人张炎说："簸弄风月，陶写性情，词婉于诗。盖声出于莺吭燕舌间，稍近乎情可也。"所谓诗言志，词言情。词在众生心里，多为伤春悲秋、风花雪月、离愁别绪之调，少了几许旷达奔放的气势。直至苏轼，他舒展了词境，将自身的学问见识、豪情襟怀融于词中，一改往日婉约词风，让词多了一种豪放的

066

格调。

他一曲《念奴娇》，"大江东去，浪淘尽、千古风流人物"，瞬间放大了天地景象，逸怀豪情感染了无数看客。他声情悲壮地写下"人有悲欢离合，月有阴晴圆缺，此事古难全"。他亦有婉约之时，曾为怀念亡妻王弗，吟咏一首《江城子》："十年生死两茫茫。不思量，自难忘。千里孤坟，无处话凄凉。"自此成为历史上最悲伤、最感人的悼亡词。

词的婉约，终归多于豪放。宋时词人，每日纵情风月，饮酒品茶，填词写令，听戏赏舞。待梦醒之时，再感叹流年易逝，韶华老去，误了秦楼之约，负了佳人。名利于他们，或许亦很重要，到后来，渐渐成为一种束缚，一份随时愿意放下的包袱。

人间功贵，不及情场里一个虚假的诺言。壮丽河山，比不得倾城女子的一笑一颦。后来，他们学会了在词中归隐，忘记了易碎的人生和多变的世事。奉旨填词的柳三变，远离仕途，将自己寄身于秦楼楚馆，倚红偎翠，忍把浮名，换了浅斟低唱。

文人都有一颗善感的心，在四季变迁、人生离合里，留下无数惊艳之笔。婉转、伤情、凉薄，又耐人追味。李清照轻解罗裳，独上兰舟，写下"此情无计可消除，才下眉头，却上心头"。晏殊自斟自饮，独自徘徊在小园香径，感叹"无可奈何花落去，似曾相识燕归来"。

柳永在烟光残阳下，凭栏远眺，不惧相思消磨，只道是："衣带渐宽终不悔。为伊消得人憔悴。"就连豪放词派的主角辛弃疾，也曾一改往日的旷达，在阑珊灯火下，寻觅梦里的伊人。一句"众里寻他千百度。蓦然回首，那人却在，灯火阑珊处"，不知令多少人为之魂牵梦萦，频频回首。

还有一位远在客船上的词人，感叹着"流光容易把人抛。红了樱桃，绿了芭蕉"。庭院深深，关住了多少寂寞灵魂。一声"泪眼问花花不语，乱红飞过秋千去"，勾起千丝万缕的情绪，落花如雨，低诉衷肠。

秦少游说："两情若是久长时，又岂在朝朝暮暮。"可世间多少痴男怨女，期待着柔情似水，愿与爱人执手，地老天荒。"走来窗下笑相扶，爱道画眉深浅入时无。"那些对镜画眉的日子，已然成了往事。到最后，深刻的爱恋，终抵不过锐利的时光。秋去春来，只剩下"落花人独立，微雨燕双飞"。

一首词，看似简单的几个字，却像一部漫长的戏剧，有情节，有悲喜。繁华世界，众生纷纭，多少阴晴冷暖的故事，被编入词谱里，传为后世佳话。这个叫宋的朝代，因为数百个词牌，从此温柔而多情。

一首词换一壶酒，一卷书换一座城的宋朝，真的走远了。之后的元明清，以及当世，仍有许多文人填词作令，却再也无法与之争奇斗妍？是春天不够鲜妍吗？是月亮不够清澈吗？还是山水不够明净？又或是词客少了一点雅兴？

都不是。或许，词只适合生长在宋代，如同诗只和唐朝结缘。诗和词，在不属于自己的朝代里，总是少了几分风姿与性灵。想来，一字一句自有前因，一草一木皆有果报。宋词之所以被世人追捧，是因为众生有情，难免被那些柔软的句子打动，不能自已。

"此去经年，应是良辰好景虚设。便纵有千种风情，更与何人说？"任何时候，宋词都带着一种感伤的温柔、美丽的诱惑、孤独的典雅，看似漫不经心，却早已摄人魂魄。尽管，我亦时常会误入宋朝，陷在一阕词境中，忘记归途，但最后还是走了出来。

或许，我终究只是一个淡若清风的女子，活在当下，安于今朝。偶尔在某个落花飞雨的时节，捧一卷宋词，闲看流云，静待秋水。

无须承诺，不守天荒。一如苏子在词中所云：回首向来萧瑟处，归去，也无风雨也无晴。

元曲

　　真的，春天很短。踏雪寻梅的故事，仿佛还在昨天，今日已是蝶舞花飞，落红铺径。那一叶兰舟，在夏日的渡口等候，和我同船的人，是否依旧如故？韶华太过匆匆，多想安静缓慢地将日子过完，在湛湛晴光下，学庄周梦一回蝴蝶。于清浅午后，写几首小令，唱一段小曲，直到日落风息，月上柳梢。

　　世间最美的，竟是四时流转，光阴飞逝。元曲名家马致远吟道："百岁光阴一梦蝶，重回首往事堪嗟。今日春来，明朝花谢，急罚盏夜阑灯灭。"那只庄周幻化的蝶，穿过云水千山，又落入了词曲里，编成了故事。既知流光短如春梦，须趁花谢之时，相邀饮酒行令，醉到夜深更残，终不负那似水辰光。

　　《西厢记》有词云："花落水流红，闲愁万种，无语怨东风。"竟恍然从梦里出离，一时看芳菲落尽，万般惆怅，无主断肠。人生终是一场戏，姹紫嫣红为哪般？你看那戏台繁华如昔，戏中人物，演绎的也只是聚散悲欢。生末净丑，不过为命运安排，多少山盟海誓的情话，都只是戏里唱白，转身之后，再相逢，有多少人可以从容相待？

　　记忆中的元曲，只是民间流行的小令，街市传唱的小调。没有唐诗的沉稳奔放、厚重大气，亦无宋词的绚丽婉转、风情别致。后来在清闲无事时捧读几章，方知其间滋味，竟如痴如醉，内心千回百转。有如林黛玉初读《西厢记》，深深吸引她的，并非只是剧里的情节，更为书中的锦词佳句。

　　元曲盛于元代，元杂剧和散曲合称为元曲，采用北曲为演唱形式。散曲为元代文学主体，看似与词接近，然词典雅含蓄，曲通俗活泼。诗词严谨，端然婉约；散曲自由，朴素清新。元杂剧的成就，远胜于散曲，曾一度响彻大江南北的舞台，亦是古文化史册上，一页优雅的篇章。

　　散曲里亦有风景如画，马致远的那首《秋思》，道尽了多少羁旅过客的悲欢。"枯藤老树昏鸦，小桥流水人家。古道西风瘦马。夕阳西下，断肠人在天涯。"短短几十字，似秋日云彩，淡写轻描。枯藤老树、流水人家、古道西风、瘦马斜阳，都是天涯穷途的风景。后来，我曾无数次邂逅过曲中景象，独立秋风残阳中，回望茫然天地，苍凉到无处归依。

还有一位元曲家白朴，他笔下的秋，又是另一种孤独。"孤村落日残霞，轻烟老树寒鸦，一点飞鸿影下。青山绿水，白草红叶黄花。"依稀记得儿时乡村，深秋的黄昏，日落烟霞，萧瑟老树上栖息几只寒鸦。袅袅炊烟，从黛瓦间升起，渐而隐没于苍茫的天空。后来再也没有见过这样的秋景，只能在古朴的辞章曲文中，读到几缕旧时的烟火，落日人家。

元曲里的秋，也有如宋词那般婉转多情、柔软似水的文字。"一声梧叶一声秋，一点芭蕉一点愁，三更归梦三更后。落灯花棋未收，叹新丰孤馆人留。枕上十年事，江南二老忧，都到心头。"徐再思的夜雨，浸润了古卷书页，从字里漫溢而出，让那场元代的梦也泛了潮。灯花垂落，残棋未收，回首十年风雨孤程，梦不完的，依旧是江南故里。

最让人魂牵梦萦的当为元杂剧，将人生山水、世事百态，搬上锦绣万千的舞台。那是一幅百看不倦的《清明上河图》，每个

人都可以在戏中找到自己，寻到一段与自己相关的情缘。而后忘
记你为之悲喜、为之叹惋的，只是沉浸于戏梦里的情节。霎时
间，生生把假作了真。素日里隐藏的情感，此刻竟如玉泉奔流，
不可抑制。

　　黛玉读罢《西厢记》，心中再也无法回到往日的洁白宁静。
那日她进潇湘馆，见满地竹影参差，苔痕浓淡，不觉想起《西厢
记》中所云："幽僻处可有人行，点苍苔白露泠泠。"并由此冷
落于幽清之境，感怀自己的身世。"双文，双文，诚为命薄人
矣。然你虽命薄，尚有嬬母弱弟；今日林黛玉之命薄，一并连嬬
母弱弟俱无。"黛玉自比莺莺，亦想传达她心底的爱情弦音。她
自知纵有倾城容貌、万般柔情，亦无人能为之做主。

　　崔莺莺在西厢后院抚琴对月，张生翻墙而入，幸有红娘为
媒，有情人得以同罗帐，共鸳枕。多少寂寞相思，都只为这人间
风月，云雨巫山。林黛玉抚琴于潇湘馆，贾宝玉纵是听得懂冰弦
之音，亦不敢越世俗藩篱，与之鸳帐戏清欢。剧本原本只是为别
人量身定制，是悲是喜，皆源于作者的安排。王实甫给了崔莺莺
一个圆满的结局，而林黛玉却被曹雪芹的笔，画上了一笔缺憾的
美丽。

私订终身，是元杂剧里敢于落笔的情节。白朴的《墙头马上》，亦成就了一对同盟鸳侣，剧情一波三折，虽梦碎断肠，终破镜重圆。三月的洛阳，名园佳圃里已是姹紫嫣红。裴少俊奉唐高宗之命，前来洛阳，选拣奇花，买花种子。这位自京师打马而来的俊朗少年，恰遇了在后园赏花、春心萌动的洛阳总管之女李千金。

他打马园外，玉树临风，俊美非凡。她倚笑墙头，雾鬓云鬟，恍若仙人。仓促邂逅，顾盼生情，便有了白首之约。李千金效仿卓文君，与裴少俊私奔，一别洛阳，来到长安整整七载。数年光阴，裴少俊将她私藏于后花园，画地为牢。她为他生育一子一女，不求名分，以为可以安稳一生，却在窗事发，被裴尚书驱赶。李千金被迫离了儿女，孤身回洛阳，花城依旧，物是人非。

父母亡故，李千金守着薄弱的家业，孤独度日。每至春回，李千金总会想起当日墙头马上之景，奈何竟成了这般模样。她叹："怎将我墙头马上，偏输却沽酒当垆。"她没有输，后来裴少俊中进士，任官洛阳令。裴尚书知李千金乃名门之女，悔不当初，亲自登门赔礼。李千金割舍不了一双儿女，遂与裴少俊相认，她终于走下舞台，开始真实的人生。

郑光祖的《倩女离魂》，竟是另一种悱恻缠绵。那多情的倩女，为追随情郎王文举，一病不起，使得灵魂出体，伴他赴京赶考，行遍山水，踏碎月华。"只见远树寒鸦，岸草汀沙，满目黄花，几缕残霞。快先把云帆高挂，月明直下，便东风刮，莫消停，疾进发。"二人天涯相伴，风雨同舟。

如此三载，其身卧于床榻，淹煎病损，其魂随王文举远赴京城，状元及第。两个佳人最终合为一体，离魂的倩女方得以重生。后来明代戏曲家汤显祖的《牡丹亭》，亦有了这么一出离魂的戏。戏中的女主角杜丽娘为情而死，又为情而复生。爱情于他们，原来只是一场梦，梦里梦外，生生死死，离不了的总是情。

元代戏曲家关汉卿曾这么说过："我玩的是梁园月，饮的是东京酒，赏的是洛阳花，攀的是章台柳。"多么曼妙闲逸的人生，令元代那个原本并不浪漫的时空，流转着无法排遣的风情。而作为看客的你我，亦想穿过岁月的长廊，听一场无关生死、只关风月的戏。

我是离魂的倩女，空误了幽期密约，虚过了月夕花朝。在楼台碧波下，跳一曲惊鸿照影。我是那场风华戏里，顾影自怜的青衣，春宴早已散场，待唱完那出折子戏，便安静离去，不说归期。

第三卷◎一剪梅花一溪月

有一种风雅 趁年华

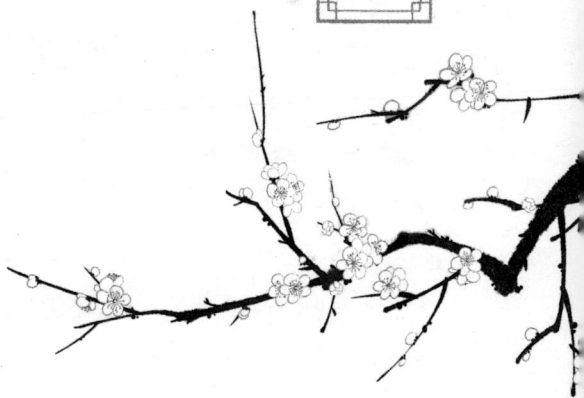

疏 梅

　　一窗雪花，几枝寒梅，尘世的清苦与荣华，都被关在门外。暗香拂过，落在江南青瓦黛墙上，瞬间有了唐宋韵致。一时心中无句，只好研墨铺纸，信笔点梅，在疏影斜枝中，独守一个人的简净时光。

　　曾经，我与梅结下一段不解尘缘，当然，雪花是月老。世间百媚千红，我却独爱风雪中一剪梅花的清逸和风雅。无论是生长在山林空谷的梅，还是种植在驿外断桥的梅，又或是坐落于庭院清阁的梅，总能穿过尘世的喧嚣与繁华，自持一份冰清和雅洁。而我内心深处，有一朵梅花，伴随我经过十数载春秋岁月，一直波澜不惊，平静安然。

时间走过的地方，成了回忆。我们可以在清闲无事时，偶然记起一些片段，却不必回头追赶。都说红尘如戏，可到底还是要在人群中谋生，在岁月遗留的缝隙里，找寻幸福。就连那剪清寒的瘦梅，亦不能随心所欲，见世间想见之人，观天下愿观之景。

古人的梅，有一种天然随兴的淳朴与雅逸。千百树梅花，在风雪中竞相绽放，茕茕傲立，不染铅华。我愿化身为读经的老僧、对弈的高人、吟咏的墨客、抚琴的美人、伐薪的樵夫、垂钓的渔翁、浣纱的村妇、弄笛的牧童，与她有无数次不同境遇的相逢。盼着有一日，相聚于古道柴门，烹火煮茶，赏梅观雪，共有一段屋檐下的光阴。

今人的梅，则多了一份金风玉露的修饰与删改。这种看似刻意、实则无心的安排，只是为了让身处烦嚣的众生，有一个可以和心灵对话的知己。茅舍一间，梅树几株，三五雅客闲坐品茗，笑谈古今。还有几位穿着汉服的佳人，来一曲琴箫合奏。到这儿的人，会觉得世界真的很小，只有这么一个地方，可以彼此省略问候，不提过往，忘记来路，不知归途。

读过许多咏梅的诗句，那些看似婉转清扬的花朵，总蕴含一份冷月的孤独。而梅在不同诗人的笔下，有了不同的风骨和傲气，也有了不同的性情和命运。世人爱梅，是觉得梅在烟火人间，有一种与世隔绝的空灵和纯净。繁闹疲倦时，梅有如素影清风，片刻便让你安静下来。寂寞无依时，梅宛若亲友良朋，与你相知如镜。

南北朝时，陆凯曾写诗赠范晔："折花逢驿使，寄与陇头人。江南无所有，聊赠一枝春。"折梅寄友，借此物来传递他们高雅的情谊。无须太多珍重话语，将所有祝福与思念，都托付给一枝梅花。以后离散天涯，凭借她的消息，便知又是一年花枝春暖，相逢只在朝夕。

唐人王维写下"来日绮窗前，寒梅著花未？"的诗句。这个诗中有画、画里含诗的雅士，用禅意轻灵的口吻询问梅花，读来倍觉闲淡清绝，异趣横生。他眼中的梅，不仅有清贞优雅的人格，还可以为之传情寄意，推心置腹。梅花被其赋予了生命，仿佛在某个月夜，会幻化为白衣仙子，与他交杯换盏，琴瑟相谐。

更有唐玄宗之宠妃江采苹，爱梅如痴，在其寝宫周边，栽植梅树。每到寒冬时节，梅花绽放，江采苹在梅树下跳一曲《惊鸿舞》，赏花赋诗，怡然自得。玄宗见其红粉淡妆，清丽脱俗，丰神秀骨皆有梅花姿态，便册封其为梅妃。这一清雅别致的封号，终唐一世，便再也没有帝王封赏给任何佳人。

南唐后主李煜笔下则是"砌下落梅如雪乱，拂了一身还满"。如果他不是帝王，或许这一生，可以和一位才貌双绝的佳丽，填词作赋，折竹吹笛，双双老死在梅树下。可他却做了亡国之君，成为俘虏，被孤独地软禁在汴京城内。曾经在枝头语笑嫣然的梅花，已纷落如雪，如同他的红颜知己周后，香消玉殒在故国的河山里，永无归期。

可宋人陆游却说："寂寞开无主……零落成泥碾作尘，只有香如故。"此后，梅花有了不死的灵魂，因为纵然零落成泥，其芬芳依旧如故。梅之幽香，浓而不艳，冷而不淡，清而不散，经寒雪酿造，香味飘忽，沁心入骨，耐人寻味。她甘守寂寞，不惧风尘无主，宁可孤芳自赏，不愿与世同步。

宋人爱梅，已成风尚。有梅妻鹤子之称的林逋，其隐士风姿和遗世独立的梅花有异曲同工之美。一句"疏影横斜水清浅，暗香浮动月黄昏"，成为咏梅绝唱。群芳谱里，百花之魁的梅花，有了更为迷人的清韵和气节。小园之中，独梅凌雪绽放，疏影横斜，古雅苍劲，风姿绰约，暗香萦怀。

梅花在《红楼梦》里，是美人，亦是高士。那几树红梅，落在大观园的栊翠庵里，被带发修行的妙玉悉心照料，也算是结了佛缘。那日芦雪广中即景联句，吃酒烤肉，独妙玉一人清守佛前，禅坐诵经。后来宝玉联句落第，被罚到栊翠庵乞折红梅，并赋一首咏梅的七律。"槎枒谁惜诗肩瘦，衣上犹沾佛院苔"的悠然禅意，令人百般回味。原来，生于佛院的梅，更是幽独娴静，冰骨无尘。

无论是"惆怅后庭风味薄，自锄明月种梅花"的归隐田园之淡泊，还是"明月愁心两相似，一枝素影待人来"的相思的况味，梅花诗词已成为文史里的一株奇葩，在淳朴日月里，有着不可忽视的旷远风雅。春秋更替，江山换主，多少人事皆非，那树梅花，年年如初。她陪伴芸芸众生，在红尘中，过着布衣简食的日子，平淡安然。

直到后来，清末的龚自珍写了一篇《病梅馆记》。他觉得从古至今，梅花被文人画士摧残，被世俗凡夫相欺，给折磨病了。他购买了三百盆梅，全是病梅，看着它们被束缚，不忍为之落泪。于是他起誓要治好这些梅花，找回从前的天然本性。但这世上梅树万千，他又如何能够有闲置的田地，宽敞的梅馆，来储藏这些江南病梅。也许耗尽一生的时光，也无法为它们疗伤，将其治愈。

　　想必是这位老者太过爱梅、惜梅，他的执着，是为了让梅花可以在风雪中尽情绽放。却忽略了，梅花有着坚韧的节操，它可以傲骨嶙峋，坚贞不移；亦甘愿为世人低眉折腰，零落成尘。不然，落花流水去后，又何来青梅煮酒的风雅乐事？我相信，不论是山林里的野梅，还是庭园里种植的梅，都一样玉洁冰清，娴静冷艳。

　　有人问，你来世愿做什么？我说，愿做一株清瘦梅花，开在寒山幽谷，与雪夜白狐，一起等候采药的仙翁、云游的高僧，和每一位看风景的过客。如果有一天，你是那位走失迷途的路人，只需折一枝素梅，我必与你温柔相认，当作远别重逢。

　　人情有如红梅白雪，世事不过净水清风。也许我们都该学会，像梅花一样在风尘中修炼，看尽繁华变迁，风骨依然。

幽
兰

　　如水春夜，于窗下静坐品茗，留声机里低唱着流年。一缕兰草的幽香随微风拂过，吹醒许多遗落的往事。荏苒岁月，此刻竟如此漫不经心。深沉暮色，暗淡光影，不减其绰约风姿，旧时颜色。

　　记忆中的兰，应该是抛弃了尘世一切荣华，放下了情感和执念，辞别故人，独自幽居在深山空谷。偶有打柴的樵夫，寻访仙药的老者，或是云游的僧道，才能与她相逢。凡尘中的你我，远隔万里关山，何处寻觅芳踪。

　　有人说，真正的空谷幽兰，如隐士高人，但闻其香，不见其身。于我眼中，兰蕙是最清雅，亦是最平凡的草木。她纤柔无骨，温婉灵秀，无有冷傲姿态，只留醉人芬芳。也许兰草本无心，不喜聚散，是世人对她有了太多期许，太多珍爱。

兰，香草也；蕙，薰草也。兰是灵性之花草，若绝代佳人，藏于幽谷，出尘遗世。有缘之人，总能在无人问津的角落将之寻找，闻其淡雅芬芳，赏其秀美幽姿。无缘之客，纵是跋涉山水，行至穷途，亦不能见其芳容。

后来，兰流于世俗，得见于寻常巷陌，市井人家。从寂寞山林，迁至百姓宅院，学着与这世界相处，倒也从容如风，不与百花争色。多年来，世人爱兰，将其移栽盆中，细心料理，或置于亭台，设于园内，供客观赏。兰不娇媚，不世故，零落红尘，仍带着不经世事的飘逸和优雅。

你情深若许，她淡然如初。你以为一旦别后，山长水阔再难重逢，谁知她却在人生必经的路口，悄然独立，低眉含笑。兰花以最简单的姿态，于人间安门落户，又总不似烟火中的草木。她无意光阴枯荣，倦看人世消长，你对她坦露心迹，絮说旧事，她心意阑珊，清淡无言。

孔子爱兰，寄情于兰草，以兰的风雅自持，修养心性。他曾说："芷兰生幽谷，不以无人而不芳，君子修道立德，不为穷困而改节。"花中君子，内敛高洁，纯和幽远。深山空谷中，斜阳夕照下，自有一段风流况味，耐人追忆。

勾践种兰，于渚山上，遍植兰草。明万历年间《绍兴府志》记："兰渚山，有草焉，长叶白花，花有国馨，其名曰兰，勾践所树。"想来兰草的遗世空寂，令勾践学会了隐忍安静。他十几年卧薪尝胆，假装五蕴清净，非凡人所能做到。当他挥袖征伐，三千越甲吞吴，收复河山，涅槃重生，是否还记得渚山上，那宠辱不惊的兰草？

屈原佩兰，是为了自喻高洁的情操。人间草木无数，他以兰为挚友，认兰作知音。他在《离骚》《九歌》《九章》许多诗篇中，写到自己如何爱兰、种兰、佩兰。"余既滋兰之九畹兮，又树蕙之百亩。畦留夷与揭车兮，杂杜衡与芳芷。""扈江离与辟芷兮，纫秋兰以为佩。"山河瘦，世情薄，幸有兰蕙，伴他放逐天涯，免去一人泪罗江畔，独自沉吟。

郑板桥画兰，自称"四时不谢之兰，百节长青之竹，万古不败之石，千秋不变之人"。他心系天下农人，将真情著以笔墨，诗画一体。他说："凡吾画兰、画石，用以慰天下之劳人，非以供天下安享之人也。"如此高尚襟怀，使得他的画作更加生动逼真。"石上披兰更披竹，美人相伴在幽谷。试问东风何处吹？吹入湘波一江绿。"不知道，有一天那采兰佩兰的美人，能不能从画里走出来，伴他坐饮到中宵？

古琴曲《幽兰操》传为孔子所作，他称兰为王者之香，虽隐居幽谷，仍清芬怡人。兰花有如孔子的人生写照，以达观平和的处世之态，面对风霜雨雪。唐代诗人韩愈亦作过一首《猗兰操》，以唱和孔子。

"兰之猗猗，扬扬其香。不采而佩，于兰何伤。今天之旋，其曷为然。我行四方，以日以年。雪霜贸贸，荠麦之茂。子如不伤，我不尔觏。荠麦之茂，荠麦之有。君子之伤，君子之守。"淡淡琴音，似见幽兰在微风中轻轻摇曳，纤柔的叶，娇嫩的朵，清雅飘逸。兰之芬芳，远而不淡，近而不浓，唯有君子，将其采摘佩戴，爱不释手她的美。

唐代李白有诗吟："幽兰香风远，蕙草流芳根。"道出了兰蕙内敛含蓄的优雅气质，若他一生漂萍踪迹，终不改当日情怀。"山中兰叶径，城外李桃园。岂知人事静，不觉鸟声喧。"王勃

的兰，亦是隐于山间，不与城外桃李争华年。万物昌盛有序，她
自安于宿命。

苏轼诗云："春兰如美人，不采羞自献。时闻风露香，蓬
艾深不见。丹青写真色，欲补离骚传。对之如灵均，冠佩不敢
燕。"东坡居士的春兰美人，如今只能在梦里才得以倾心相识。
这一生，他有三位兰草知己，陪他煮雨说禅，共苦同甘。到后
来，虽各自离散，红颜成白骨，却也是他的造化。

宋代是兰艺的鼎盛时期，许多书籍对兰有过描述记载。宋代
罗愿的《尔雅翼》有"兰之叶如莎，首春则发。花甚芳香，大抵
生于森林之中，微风过之，其香蔼然达于外，故曰芝兰。江南兰
只在春芳，荆楚及闽中者秋夏再芳"之说。明清两代，兰花品种
增多，昔日幽谷的兰，被移植庭园，成了众生观赏之花木。

兰可入药，明代李时珍《本草纲目》记载："兰草，叶气味
辛、平，无毒。""其气清香、生津止渴，润肌肉，治消渴胆
瘅。"兰花亦可助茶，采摘春兰洗净晒干，煮茶时放几朵于杯
中，美丽非凡，清芬绝代。

兰花品种日益增多，主要有春兰、蕙兰、建兰、寒兰、墨

兰、春剑、莲瓣兰七大类。供人观赏的园艺品种，更有百千，万般姿态，只待惜花之人呵护终老。她虽不居深谷，却依旧纤枝柔软，神情悠然。

人间风物，皆有灵性。每个人的前世，都是一株草木，今生你钟情的，必是前世的自己。兰在我心中，如她于世间的姿态，浓淡相宜，聚散由心。她不曾惊艳于我，却伴我走过青丝韶华。

月下幽兰，芬芳遗世。我喜爱她，爱她的柔情素心，亦爱她的春水清颜。

翠
竹

　　暮春时节，满城飞花，醉舞红尘，却也飘零无依。唯翠竹独姿于庭院，静处于山林，由来不惧四季更迭，岁月相催。光阴迟暮，流年推杯换盏，竹从遥远的秦汉魏晋飘然而来，一袭翠衣，不改清俊风骨。

　　陌上客，缓缓归。有人倚着柴门，看尽人间芳菲；有人听雨楼台，追忆风华年少。有人打马天涯，萍踪浪迹；有人迷途知返，安身立命。静水深流的时光，不肯让步，你看似潇洒轻逸，玉润朱颜，转瞬便鸡皮鹤发，伛偻嶙峋。

　　此刻，远山如黛，翠竹萧萧，几点疏淡的笔墨，描摹意味深长的人生。我以为，最美的日子，当是晴耕雨读，观鱼听鸟，任窗外花开花落，云来云往。春景最是虚实相生，看似姹紫嫣红，喧闹无比，却又繁花疏落，饮尽孤独。

儿时在乡间长大，记忆中的竹遍植山野，肆意生长，随处可见。它大气、清朗、洁净、有序。折竹为食，削竹为笛，伐竹为舟，砍竹为薪，如今被视作风雅之事，那时太过寻常。后来，迁徙都市，偶见邻家庭院栽种几竿修竹，倍加珍视。原来竹不喜人流如织，只爱隐隐青山，悠悠绿水。

万物无常，没有谁可以孤标傲世，永远浑然天成。读罢几卷诗词文章，觉得竹应该像一个虚怀若谷的高士，带着几许禅道的意味，明净透彻，洞悉世事。然而它遗落红尘，做俗世雅客，同样从容旷达，淡泊高远。它质朴清白，洒脱飘逸，自古以来赢得世人喜爱。

佛教里有个竹林精舍，为中印度摩揭陀国最早之佛教寺院。迦兰陀长者所有，以盛产竹之故，名为迦兰陀竹园。释尊经常住在此处说法，那儿的竹，也沾了佛的性灵和善怀，清醒与慈悲。

王徽之爱竹，《晋书》载："时吴中一士大夫家有好竹，欲观之，便出坐舆造竹下，讽啸良久。主人洒扫请坐，徽之不顾。将出，主人乃闭门，徽之便以此赏之，尽欢而去。尝寄居空宅中，便令种竹。或问其故，徽之但啸咏，指竹曰："何可一日无此君邪！'"

魏晋时，稽康、阮籍、山涛、向秀、刘伶、王戎及阮咸七人，为逃避司马氏和曹氏的政权争斗，常聚于竹林之下，饮酒纵歌，肆意清谈，故世谓"竹林七贤"。他们弃经典而尚老庄，蔑礼法而崇放达，寄情于山水，追求清静无为的散淡生活。稽康抚琴，阮籍、刘伶等人有纵饮千杯，醉死便埋的放达与佯狂。

那是一段美好的光阴，饮宴游乐，畅然释怀。倘若放下执念，山水竹林便是他们此生的归宿。每个人，都可以遵循自然规律老去，葬于山林，天地为冢。但他们最终没能忘情红尘，逍遥世外，后来竹林梦碎，七贤离散。他们的故事，如同稽康弹奏的一曲《广陵散》，于今绝矣。

竹，君子也。一为气节，二为虚心。白居易《养竹记》里言："竹似贤，何哉？竹本固，固以树德，君子见其本，则思善建不拔者。竹性直，直以立身，君子见其性，则思中立不倚者。竹心空，空以体道，君子见其心，则思应用虚受者。竹节贞，贞

以立志，君子见其节，则思砥砺名行，夷险一致者。夫如是，故
君子人多树之为庭实焉。"

　　庭院修竹，虽有日月清辉照料，亦需要呵护善待。那些深翠
幽篁，萧萧俊骨，不为名利所累。他们翩然于世，亦感激世间有
情人的知遇之恩。不然，纵是甘于寂寞，不在乎聚离，被遗忘在
苔藓铺地的角落，不被赏识，也难免冷清。

　　最喜王维的《竹里馆》："独坐幽篁里，弹琴复长啸。深林
人不知，明月来相照。"一首简短的五言绝句，像一幅清幽宁
静、高雅绝尘的水墨画。一个人，一张琴，一弯月，一片竹林。
王维的诗总是这般情景相交，声色相容，动静相宜，虚实相间。
每当我读起这首诗，总会想起多梦的从前，窗外清朗的月光，挂
在竹梢，匝地琼瑶。

　　宋代朱熹吟："客来莫嫌茶当酒，山居偏隅竹为邻。"朱熹
爱茶，亦爱竹。他大半生在武夷山度过，那里山水秀丽，风景宜
人。武夷山盛产名茶，朱熹不仅赏茶、品茶，还种茶、制茶、煮
茶、斗茶、论茶、咏茶。想来那些折竹煮茶、守竹品茗的日子，
是他平生最美的回忆。他曾有词吟："何处车尘不到，有个江天
如许，争肯换浮名。"可见那颗被茶水过滤的心，亦像竹一样淡

泊明净。

"宁可食无肉，不可居无竹。无肉令人瘦，无竹令人俗。"
此为苏东坡的咏竹名句，至今仍被爱竹的雅客传颂不已。这位才
高千古的风流名士，一生潇洒多情，浮云踪迹。而他所到之处，
暂居之所，必有修竹相伴。他栽竹种竹，与竹为友，过着闲云野
鹤的生活。也曾为功名所累，但终究是性情中人，有着把酒问青
天的豪迈与洒脱。许是与禅佛结缘，在竹的高洁风骨里，东坡居
士得以证悟人生。

郑板桥爱竹画竹，每日对着山石翠竹，只觉光阴恬淡出尘。
他写下处世警言"难得糊涂"，并提笔写道："聪明难，糊涂
难，由聪明转入糊涂更难。放一着，退一步，当下心安，非图后
来福报也。"希望有那么一天，我们可以在他的一卷墨竹中，搁
浅无处安放的灵魂。

古书《博物志》载"舜二妃曰湘夫人，舜崩，二妃以涕挥
竹，竹尽斑"，故有了湘妃竹。而潇湘妃子则为娥皇和女英。后
来，曹雪芹先生将这个美丽的名字，给了大观园的林黛玉，还给
她居住的院落，赐名潇湘馆。潇湘馆内四季翠竹隐隐，无桃李争
妍，更觉比别处清幽。

生性喜散不喜聚的林黛玉，此生为还泪而来，想来潇湘馆的竹，亦被她多情的眼泪染上斑驳的印记。多少个秋窗风雨夜，唯有一只鹦鹉、几竿修竹陪她挨过长夜更漏。原以为可以执手相依的人，生生将她辜负。说什么花柳繁华地，到底不是她的容身之所。临死前，她焚稿断痴情，或许潇湘馆的竹，是她尘世中唯一割舍不了的眷念。

人生一世，如镜花水月，今朝姹紫嫣红，明日已成梦幻泡影。与其追忆故园芳菲，莫如放下繁华，重觅一片竹海。一支瘦笛，一曲笑傲江湖。一弯冷月，一肩千古情仇。

素
菊

想起它，总是恬淡素净的，在霜降的清秋，黄昏的篱院，静静地生长。一瓣心香，几段心事，从不与人诉说。千百年来，多少文人墨客，将它引为知己，交付真心。它一如既往淡然平和，从容自若。它自知，世间缘分，有始有终，任何情感，都不可虚妄与沉沦。

往事如潮，总在善感之时忆起。犹记年少光阴，每次山间打柴或溪边洗衣归来，时见野菊开在驿路风中，不招摇，却醒目。一束白，一束黄，折于竹篮，或附于柴木的枝丫上，带回家寻个陶罐、粗瓷瓶，装点朴素的岁月。那时居住的老屋，青瓦黛墙，雕花的古窗下，摆放一束菊，和悠然踱步的白云，相安无事。

时过境迁，我经历了流转天涯的命运，故乡的菊，依旧开在山间东篱，悠然娴静。多少次夜阑更深，梦回故里，人事非昨。窗檐结了时光的网，桌几落了岁月的尘，唯有那一束瘦菊，安好在破旧的陶罐里，不问聚散，无有悲喜。

后读唐代司空图的《二十四诗品》中的《典雅》："玉壶买春，赏雨茅屋。坐中佳士，左右修竹。白云初晴，幽鸟相逐。眠琴绿阴，上有飞瀑。落花无言，人淡如菊。书之岁华，其曰可读。"

顿时只觉，天地有大美而不言，淡菊宁静而致远。母亲名字里，奇禺了人淡如菊这四个字。又见她淡看荣辱，冷眼繁华，处世淡定，平和简朴，确有了几分菊的内敛和典雅风度。苦短人生，被如刀的时光雕刻后，还能平静地看落花无言，心淡如菊，亦算修到了境界。

有些人，陪着走过人生的一程山水，便分道扬镳。而草木，不论你尊卑贵贱，从容东西，亦不肯离弃。人心薄寡善变，倘若真的无可交付之人，不如和草木，预约一段情缘。它虽无言以对，却与你朝暮成双。你鬓发成雪，它一如既往。你转身沧海，它静守天长。

《广群芳谱》说："九华菊，此品乃渊明所赏。今越俗多呼为大笑，瓣两层者曰九华，白瓣黄心，花头极大，有阔及二寸四五分者，其态异常，为白色之冠。香亦清胜，枝叶疏散，九月半方开。"

屈原的《离骚》诗曰："朝饮木兰之坠露兮，夕餐秋菊之落英。"他一生惆怅寥落，佩兰食菊，也算是做了一回人间雅客。曹魏大将钟繇之子钟会一生爱菊，曾撰《菊花赋》："何秋菊之可奇兮，独华茂乎凝霜。挺葳蕤于苍春兮，表壮观乎金商。"晋代孙楚《菊花赋》说："彼芳菊之为草兮，禀自然之醇精。当青春而潜翳兮，迄素秋而敷荣。"

最钟情于菊的，莫过于东晋的陶潜。一句"采菊东篱下，悠然见南山"，将世人的心，牵引至那山野田园，草木深处。而菊亦成了陶公红尘中唯一的心灵归宿，让他甘愿放弃仕途，做个隐士，安生烟火。陶潜爱菊，在家中庭院劈地种菊。兴起时，抚琴吟唱，一盏菊花酒，一首菊花诗，看云走鸟飞，此间真意，欲辩难言。

"芳菊开林耀，青松冠岩列。怀此贞秀姿，卓为霜下杰。"陶公对菊，从来都不惜笔墨。他修篱种菊，心有苦恼，便饮酒赏花。醉倒在菊花丛里，忘记人生失意和愁烦。梦里又误入桃源仙境，尘世的丝网和深潭，再也无法束缚他空灵缥缈的心灵。

《红楼梦》第三十八回林潇湘魁夺菊花诗，在咏菊诗会上，一共十二首菊花诗，就有五首与陶渊明相关。想来曹雪芹亦爱菊花，并借史湘云的灵巧，拟好诗题，用针绾在墙上让众人自选。再经潇湘妃子的才情，将菊花诗吟咏到精妙绝伦。她的《咏菊》"满纸自怜题素怨，片言谁解诉秋心"，《问菊》里一句"孤标傲世偕谁隐，一样花开为底迟？"，真将菊花问到无言。

曹雪芹用他的笔，塑造了一个清高孤傲、举世无双的林黛玉，却又让她处在孤独无依的贾府，一草一木皆出别人支付。他将自己的命运，赋予林黛玉，用菊花诗来表露对陶潜的倾慕。被俗务所缚的曹公，亦想学陶潜，归隐南山，漫步田园，和菊花朝夕相对，不睬世事。

唐代茶圣陆羽亦爱菊花，他居住之所种满菊花。皎然有诗《寻陆鸿渐不遇》："移家虽带郭，野径入桑麻。近种篱边菊，秋来未著花。扣门无犬吠，欲去问西家。报道山中去，归时每日斜。"偏远的野径人家，篱边遍植未开的菊花，而主人去山中寻僧问茶，归来已是日暮西斜。菊的傲世独立，茶的幽淡清远，亦是陆羽的风骨与性情。

唐人元稹的一首《菊花》，是我甚为喜爱，亦觉有情韵的诗。"秋丛绕舍似陶家，遍绕篱边日渐斜。不是花中偏爱菊，此花开尽更无花。"秋日黄昏，倚篱赏菊，诗境如画，令人神往。

古人重九之日，不仅登高饮酒，亦采菊簪菊。"江涵秋影雁初飞，与客携壶上翠微。尘世难逢开口笑，菊花须插满头归。"杜牧的诗，则是写他在重九之日，登高远眺秋水长天，欣喜之时，将折来的菊花插在鬓上，增添乐趣。孟浩然的《过故人庄》，一句"待到重阳日，还来就菊花"，写尽了他对田园闲适生活的向往。菊花，这重九之草木，已成了不可缺失的风景。

"宁可抱香枝上老，不随黄叶舞秋风。"这是宋代才女朱淑真笔下的菊花，道出菊的风流傲骨。而她又何尝不是那朵临霜不凋的冷菊，为守情怀，在词中断肠死去。她本才貌双全，奈何所遇良人不解风情。她叹："东君不与花为主，何似休生连理枝。"后来，她在美丽的年华里决然离去，终不肯委曲求全，与红尘相依。

宋时陆游有收菊作枕的习惯，他在《剑南诗稿》中写道：

"余年二十时，尚作菊枕诗。采菊缝枕囊，余香满室生。"菊不仅清香宁神，亦为药之上品。《神农本草经》中记载菊"久服利血气，轻身耐老延年"。

"浮烟冷雨，今日还重九。秋去又秋来，但黄花、年年如旧。平台戏马，无处问英雄；茅舍底，竹篱东，伫立时搔首。"此为北宋刘子翚的词《蓦山溪》。在那山河飘摇，城池行将倾覆的乱世，急需安邦济世之才。光阴往来，唯黄花年年如旧，不改初姿。昨日霸者已逝，今时又何处去问询英雄的下落？

"碧云天，黄花地，西风紧，北雁南飞。晓来谁染霜林醉？总是离人泪。"想来《西厢记》是因了这段凄美辞章，让人看罢念念不忘。而黄花也在张生和崔莺莺那场温柔的西厢旧梦里，不能醒来。碧云天，黄花地，纵是春风沉醉，草木葱茏，亦不及这样黄花满地、红叶秋林的美。

时光的河，深沉莫测，我们走过的一朝一夕、一城一池，都不可预知。凡所有相，皆是虚妄。《金刚经》云："过去心不可得，现在心不可得，未来心不可得。"人的一生，都在修因种果。放下贪念与执意，方是对世间一切宽容，对万物诸多情深。

落花无言，人淡如菊。日光清浅，年岁深长，倘若茫然无依，就择一个秋深的午后，采一束菊花，做一回陶潜，长醉东篱下，悠然在南山。

隐名埋姓，江湖两忘。

净
莲

　　昨夜闲听落花，在清浅的灯影下，忆一段溪云往事，几个远去故人。年岁深沉如湖，却宛若明月，其实只要灵魂不死，那些像落花一样渺无音踪的美丽，依旧可以化尘重生。近日来春事乍暖还凉，风露总将人相欺，直至晨晓悠悠，方能入梦。

　　"风不定，人初静，明日落红应满径。"这是宋人张先的词，每逢暮春，总会将这动人之句读上几遍，有如餐食花瓣，满口噙香。踏遍落红，惊觉有一种植物，已经近得可以和我呼吸相闻。它有一个静美的名字，叫莲，亦叫荷。它的清丽出尘，冰洁玉质，令人欢喜到不敢相思。

　　莲荷，算是人间草木里与我最可亲的植物。它是我红尘路口的初遇，是我前世种下的善因。虽喜梅，却在人生廿年时候才真正识得君颜，与之成为莫逆。而莲荷，却从记事起相伴至今，如水情谊，总不愿逾越界限，怕生生弄丢了多年依恋的情感。我珍爱它，一如珍爱那段回不去的美好时光。

　　"江南可采莲，莲叶何田田。鱼戏莲叶间。鱼戏莲叶东，鱼戏莲叶西，鱼戏莲叶南，鱼戏莲叶北。"出自乐府诗《江南》。这水乡江南，并非隐藏在梦里。如此明丽曼妙的画面，清新隽永的意境，我曾亲历。有幸做了那乘舟采莲的小女孩，穿行在碧荷万顷之间，争寻并蒂，采摘莲蓬。唱一首悦耳的山歌，看莲叶下鱼儿嬉戏。那时欢笑，当是最明媚、最动人的。

　　采回的莲蓬，趁新绿时，于夜里挑着灯花，静剥莲子。一粒粒饱满、洁净的莲子，不舍得自家食用，拿去兑了钱，支付给了生活。到底是满足的，那轻快美妙的劳作，让时光亦柔软多情。长大后，只能于梦里采莲，那时风光，竟不是从前滋味。梦中划一叶小舟，在碧叶千丛里，采几捧新莲，万般深情，于茫茫天地间，竟无人收留。

　　是我过于执着，不忍缘尽。后来将莲种植于家中阳台，它倒也不娇贵，一口瓷缸里，放些淤泥，虽生得弱质纤纤，却亭亭玉立，惹人怜爱。几丛绿叶间，荷花疏淡地生长，红的俏丽，白的脱俗。夏日炎炎，雪藕生凉，莲荷静静开着，常让人觉得光阴错落。原来有些遗忘的风景，还可以重来。我知道，这浮世，它只为我一人红颜尽欢。

李白有诗云："清水出芙蓉，天然去雕饰。"读罢只觉日光湛湛，清风拂来，一朵自然清雅的莲，翩然浅笑，开得恰到好处。纵是氤氲水墨中，亦不改秀丽姿态，片片花瓣，晶莹含露，天然去雕饰。莲之清淡、洁净，似乎无关岁月风尘，它一直静处在人间，看往来过客，终不染烟火。

"越女作桂舟，还将桂为楫。湖上水渺漫，清江不可涉。摘取芙蓉花，莫摘芙蓉叶。将归问夫婿，颜色何如妾。"此为唐人王昌龄的《越女》。诗中采莲的意象与古朴乡间，是另一种风姿。越女红裙绿衣，蛾眉翠黛，有芙蓉之韵致，娇羞动人。折一枝芙蓉，归去问夫婿，谁更妩媚，谁更风情？这里的莲，似韶华女子的胜雪肌肤，吹弹欲破，又若明眸善睐，顾盼生情。

若论风雅柔情，当属西子湖中的莲荷。宋人杨万里有诗云："毕竟西湖六月中，风光不与四时同。接天莲叶无穷碧，映日荷花别样红。"西湖，琴棋书画的西湖。被这座千年古城的人文和故事滋养出的荷花，自是绝代如画。而我仿佛总能看到一个乘着油壁车，名叫苏小小的女子，在西子湖畔缓缓走过。也只有这里的山水，这里莲荷，给得起她梦里的等待，诗样的情怀。

"水陆草木之花，可爱者甚蕃。晋陶渊明独爱菊；自李唐来，世人盛爱牡丹；予独爱莲之出淤泥而不染，濯清涟而不妖，中通外直，不蔓不枝，香远益清，亭亭净植，可远观而不可亵玩焉。"这是宋代周敦颐的名篇《爱莲说》，看似简约疏淡的笔墨，却写尽了莲的清姿秀容，飘逸风骨。

他说菊是花中隐士，牡丹是花中富人，而莲是花中君子。他自称对莲之情深，世间再无有可及之人。后人纵是想爱，怕也只好望尘莫及。烟水亭畔，爱莲池中那出淤泥而不染的朵朵清莲，让人赏心悦目，看罢不能移步，别后频频回首。

"骤雨过，珍珠乱撒，打遍新荷。"这是元好问的词，此番情境，千古相同。荷叶上的雨露，似离人的眼泪，滚玉抛珠。词的下阕，更耐人寻味，令淡雅的莲，平添几分大美。他叹："人生有几（多作"人生百年有几"——编者注），念良辰美景，一梦初过（多作"休放虚过"——编者注）。穷通前定，何用苦张罗。命友邀宾玩赏，对芳尊浅酌低歌。且酩酊，任他两轮日月，来往如梭。"

新莲固然雅逸逼人，枯荷残叶亦有别样风韵。李商隐有一句诗，"留得枯荷听雨声"，深得世人喜爱。还记得《红楼梦》里林黛玉曾说过："我最不喜欢李义山的诗，只喜他这一句'留得残荷听雨声'。偏你们又不留着残荷了。"想来黛玉喜爱的亦是诗中凄美意境。淅沥缠绵的秋雨，点点滴滴敲打在枯荷上，那清寒的声韵，残缺的美感，竟胜过了花好月圆之境。

李商隐的《锦瑟》《无题》都是旷世名篇，诗中不乏惊艳之笔。然黛玉却独爱他众诗里的这一句，只因无数个秋雨之日，是那雨打残荷的声律，慰她愁绪，解她相思。群芳夜宴占花名时，她掣了一枝芙蓉花，题着"风露清愁"四字。众人笑说："这个好极。除了他，别人不配作芙蓉。"黛玉曾对宝玉说过："我们不过是草木之人。"她心中凄然，宝钗有金锁配通灵宝玉，她只和草木相知相许。

世间最有佛性的，当为佛前的莲。佛坐莲台之上，护佑众生，主宰浮沉。佛祖拈花一笑，那花，亦是绽放的莲。红尘修行者，则愿做佛前的那朵莲，素净清白，每日听佛祖讲经说法，洗去铅华，禅心如水。一花一天堂，一草一世界；一树一菩提，一土一如来；一方一净土，一笑一尘缘；一念一清净，心是莲花开……

想起多年前，朱自清在月下漫步，行至幽僻的荷塘。流水月光，倾泻在花叶上，薄雾中的荷，千姿百态，清幽淡雅，安静柔和。那个夜晚，似一个缥缈恬静的梦，落在静静的心湖。如今只要翻开那册书卷，淡淡荷香，依旧萦绕其间，醉人心骨。

一切众生，性本清净。纵算做不了佛前那朵青莲，只是路旁一株卑微的草木，墙角一只无名的虫蚁，若心存慈悲，自可化身为莲，静守花开。

云
松

　　曾经无数次地幻想，有一天可以做个闲人，背着行囊，小舟江湖去。在某个微风细雨之时，踏着苍苔绿藓，穿过烟岚雾霭，去寻访终南山里的隐士高人。在那云崖之巅，青松之下，有一间简约的木屋，住着一个白发老翁，早已忘记岁岁年年。

　　后来真的走出去了，一路风尘跋涉，投宿过许多不知名的驿站，看过许多不曾遇见的风景，邂逅许多匆匆来去的路人。才知道，山河大地，是无论如何也无法抵达的终点。倘若你自持一颗辽阔的心，纵是幽居深谷，亦可知尘世风云变幻，沧海浮沉。更多时候，我只是守着一扇小窗，看院外云飞日落，春聚秋散。

儿时居住乡村，对青松的记忆并不陌生。松是隐者，唯有在山林深处，方能看到其浓荫苍翠、巍然挺拔的身影。那时的我，常与同伴行经数十里小路，去山高云深处，捡拾松针和松果。人迹罕至之地，青松临云傲岸，经岁月敲打，满地厚厚松针，任由拾取。群山绵延，烟霞胜景，是大自然给天下苍生美好的馈赠。

想起陆放翁词中一句："镜湖元自属闲人，又何必、君恩赐与。"山水草木亦是如此，放逐于苍茫天地，无人约管，无须钱财，便可以尽情观赏。而我们总是太过执着繁华，将原本闲逸的生活经营惨淡，竟不如一株松那般逍遥淡然。

行走山间，看青松屹立云端，苍劲雄健，姿态纵横，风清骨峻。有些松，寄身崖畔，晏然自处，遁迹白云；有些松，立影重岩，铁骨丹心，孤傲卓绝；还有些松，静卧山林，亭亭迥出，只待凌云。

而我却隐没在烟霭云深处，似飘忽的隐者，问道的仙人。犹记唐代诗人贾岛的《寻隐者不遇》："松下问童子，言师采药去。只在此山中，云深不知处。"短短几字，落笔简洁，清丽白描，意境悠远。苍松的风骨，白云的飘逸，将这位山间采药的高人，衬托得愈加道骨仙风。

　　我只是个捡拾松针的女子，与深山隐者，亦无缘得见，却和青松有过无数次交集。每次入山，总被荆棘划伤，或被虫蚁咬噬，却并不因此而却步。但从那时，我对世间万物，有了莫名的情感，开始敬畏和珍爱每一个生命。记忆中，那株松，明明离得很近，却总是隔着一段云烟的距离。

　　捡回的松针松果，用来取火，煮一桌粗茶淡饭。乡村黄昏，几户人家，黛瓦上青烟缕缕，衬着斜阳，美到无言。松香弥漫了整座乡村，那些荷锄归来的农夫，放牧返回的童子，寻着香味匆匆到家。煤油灯下，几碟小菜，一壶老酒，过着朴素的流年。

　　松针煮茗，松花酿酒，松果入药，算是人间风雅之事。而我与松，多数只在书卷里重逢，或短暂邂逅于城市某座山林，又各自相忘。亦曾慕名去寻访庐山的云松，黄山的雪松，那些穿着青衫、披着白衣的隐士，附于苍岩峭壁之上，傲岸英姿，似要穿越迷岚，青云直上。

　　那些名山胜地的松，经过历代帝王将相、文人雅客的追慕观赏，早已成为一道瑰丽旷世的风景。它的坚韧品质，高洁风骨，凌云之志，不为任何人所更改。它远离繁喧，隐于山林，洞明世事，又不为红尘所牵。

大千世界，众生芸芸。古往今来，松被诗人赋予了不同的人格和气度。有幽居山林的隐者，有期盼赏识的墨客，还有禅心云水的僧人。这些青松，因了他们的笔墨，有了生命和灵魂。与我年少时所见的松相比，少了平淡与朴实，多了典雅和内蕴。

南朝诗人范云有诗咏寒松："修条拂层汉，密叶障天浔。凌风知劲节，负雪见贞心。"他的松，傲雪独立，依旧稳若磐石，青翠挺拔。虽处红尘，然一袭白衣，雪枝傲展，落落风采，令人神往。

"南轩有孤松，柯叶自绵幂。清风无闲时，潇洒终日夕。阴生古苔绿，色染秋烟碧。何当凌云霄，直上数千尺。"唐人李白的松，却孤独地长在南轩，一处生满苔藓的角落，不为人知。他本潇洒之人，乘一叶扁舟，仗剑江湖，飞扬跋扈。奈何一入长安，竟在皇城灯火中，迷失当年。他满怀抱负，希望若青松那般抵触云霄，一展才华，但终究还是醉倒在阑珊古道，梦碎长安。

"高松出众木，伴我向天涯。客散初晴候，僧来不语时。有风传雅韵，无雪试幽姿。上药终相待，他年访伏龟。"同为唐朝客，李商隐的松，却多了几分风流雅韵，悠悠禅意。他没有太多远大的志向，只放下逍遥仕途，暂忘悱恻爱情，在松风下，与高僧相邀。他亦心有所愿，只望青松能生成上药伏龟，为人赏识。

巍巍青松，在王维诗意的笔下，亦多了几分淡逸出尘，柔情婉转。"青青山上松，数里不见今更逢。不见君，心相忆，此心向君君应识。为君颜色高且闲，亭亭迥出浮云间。"松有如他的故人，不见时，相思相忆；重逢时，则相知相许。王维的心，若青松一般闲逸清淡，功名于他，不过是一件华丽的外衣，不要也罢。

白居易爱松种松，有诗云："爱君抱晚节，怜君含直文。欲得朝朝见，阶前故种君。知君死则已，不死会凌云。"他为与青松朝暮相见，于庭畔阶前栽松，并对这数寸之枝，寄寓期望，倘若青松存活不死，定会傲世凌云。白居易暮年之时，做了醉吟先生，忘记名姓，不问过往。每日喝酒吟诗，青松做伴，白云是家。

人间有味是清欢，倘若对这浮世烟火无法妥协，莫如趁早放下。须知千秋功业，一生繁华，终将付与苍烟夕照。你耗费光阴去追寻生命的谜底，到最后，未必是你想要得到的结局。

多想再去深山老林捡拾一次松针，和崖畔的青松，坐看云起。多想做一个无为的闲人，煮一壶松针茶，酿一坛松花酒，冷暖自尝。哪怕有一天，老死在江南某个古旧的屋檐下，亦是造化，亦为善终。

第四卷 ◎ 一方古物一风雅

有一种风雅 一趁年华

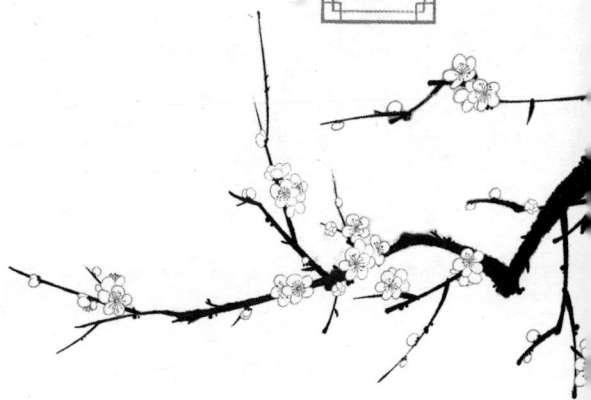

金
饰

　　"开辟鸿蒙，谁为情种？都只为风月情浓。趁着这奈何天，伤怀日，寂寥时，试遣愚衷。因此上，演出这怀金悼玉的《红楼梦》。"这是《红楼梦》的引子，每次读完，心中总有郁结的柔肠，无法释怀，不得消遣。

　　怀金悼玉，这里的金，说的是薛宝钗的黄金锁，还有史湘云的金麒麟。在大观园，这两个女子与金结缘最深，可金玉良缘，终究只是一场空话。而玉说的则是林黛玉和妙玉，两个清浅如水的女子。有诗为证："玉带林中挂，金簪雪里埋。"她们都是贾宝玉心中怀念的女子，亦是大观园里最为惊艳的风景。

薛宝钗佩戴金锁，是因为一个癞头和尚送了两句吉利话，必须錾在金器上。当她那日细赏贾宝玉的通灵宝玉，又将镌在玉上的"莫失莫忘，仙寿恒昌"念了两遍时，一旁的莺儿笑说，这两句话倒像跟姑娘项圈上的两句话是一对的。正因为"不离不弃，芳龄永继"这吉利话，宝钗天天戴着金锁。

薛姨妈曾对王夫人说："金锁是个和尚给的，等日后有玉的方可结为婚姻。"其实佩玉的王孙公子很多，但贾府内，唯有贾宝玉所戴的通灵宝玉尊贵稀世。似乎也唯有他的玉，才配得起薛宝钗的金锁。薛宝钗体态丰盈，艳冠群芳，与雍容华贵的牡丹花王媲美。曹雪芹赐薛宝钗金锁，是应和她的高雅气度。而史湘云佩戴金麒麟，亦是因了她这侯门千金的身份。

黄金自古被世人珍爱佩戴，赏玩收藏。以往总觉得金银之器，为身外之物，不可贪恋。然耽于俗世之人，终要谋生。黄金不仅为华丽的饰品，贵族的象征，也传于市井之中，深受追捧爱戴。古人出远门，视黄金为最佳盘缠，所谓穷家富路，就是如此。无论是金锭子，还是黄金首饰，皆可用来居住旅舍，换取美食。黄金的价值沿袭至今，在世人心中，有着不可替代的地位。

我亦曾有一块古老的黄金锁，那是幼年时候，外婆所赠。它不够华丽，却小巧精致，沾染岁月的气息。小小金锁，虽算不得祖传之物，却是外婆的一片情意。至今仍记得，她手心的温度，还有那含着叮咛与祝福的眼神。本应贴身携带，奈何有一天竟不知所终，后来再无缘找回。满怀歉意告知外婆，她微笑说，失去未必不是福报，只当忘记，仿佛不曾拥有。

于是，想起了李白的诗句："天生我材必有用，千金散尽还复来。"然我心痛的不是金锁，而是那份本该好好珍藏的亲情。散尽的千金，还会复来；遗失的信物，却只能成为永远的怀想。金锁成了一段往事，唯在梦里，才会忆起。原来这世间浮华之物，也会生出许多易感的故事。

有人说，海枯石烂，情比金坚。红叶题诗，金钗寄情，是一种承诺，亦是一份盟约。古代情人与夫妻之间赠别之物，多为金钗。女子将头上的钗一分为二，一半赠人，一半自留，待到重逢之日，人钗团聚。《白蛇传》里，许仙与白素贞因金钗结缘，后离散，因金钗而重聚。

"宝钗分，桃叶渡，烟柳暗南浦。"这是辛弃疾的词，借宝钗分，诉说离情，只待来年桃叶渡口，执手相聚。纳兰容若有词云："宝钗拢鬓两分心，定缘何事湿兰襟。"何尝不是在感叹，与心中所爱分离的悲戚与痛楚。

"回头下望人寰处，不见长安见尘雾。唯将旧物表深情，钿合金钗寄将去。钗留一股合一扇，钗擘黄金合分钿。但教心似金钿坚，天上人间会相见。"这是白居易的《长恨歌》，读后总让人心伤不已。纵是尊贵如帝王，亦有挨不过的情关。那一日，马嵬坡诀别，她在天上心碎，他于人间断肠。

黄金可以延年益寿，消灾辟邪。西汉方士李少君曾对汉武帝说："金银为食器，可得不死。"道教里，用黄金炼就长生不老金丹。佛教则将金器打造出佛像，以及许多精美的供养器物，昭示着法相庄严。

后来金银被做成豪华器皿，深受历代王侯喜爱。据《后汉书·礼仪志》记载，天子用金缕玉衣，诸侯王用银缕玉衣，大贵人、长公主用铜缕玉衣。帝王用黄金来赏赐臣下将士，而臣子又将黄金珍宝进奉给王侯。有人赠金酬知己，有人掷金夺佳人。纵算你是草木之人，无所欲求，亦难免被这俗物牵绊，不得洒脱。

"金樽清酒斗十千，玉盘珍羞值万钱。"多么奢华的盛宴，散场后，长风破浪，直挂云帆，何处是故乡？"人生得意须尽欢，莫使金樽空对月。"李白举杯和明月对饮，不知令多少人期待可以像他那样豪放尽欢，醉梦人生。而钱财此刻不过是虚无，没有谁知道，生命有多远。

有一个词牌，叫《金缕曲》，亦为《贺新郎》。因叶梦得《贺新郎》词有"谁为我，唱金缕"句，而名《金缕曲》。都说黄金有价，可那些寄托在金钗里的故事，隐藏于金樽内的情感，却是无价。富丽堂皇的黄金，亦有诗意浪漫之时，在无声的岁月里，不经意地打动你的心肠。

卦语云："一两黄金四两福，无如命运本参差。"各人天命不同，所带的财富皆有定数。凡事顺应自然，不可强求，太过执着，得到的富贵亦如浮云，短似春梦。水满则溢，月满则亏，也许我们都要明白物盛则衰之理。世间之事，无不反复，知足常乐，方是圆满。

金樽唱晚，月斜窗纸，一梦醉兰池。这时候，独坐小窗，一个人，一樽酒，看岁月来往如梭，知天地万物安宁。试填一首《金缕曲》，聊寄心情。原来与繁华相关的事物，亦可这般清凉明净。

独自飘零矣。这时间，一弯瘦月，一肩寒雨。漫漫风尘十数载，转瞬红颜老去。终不忘，当年相遇。千古繁华如梦里，又是谁，扮演折子戏。辜负了，我和你。宋唐故事成回忆。叹浮生，修因种果，百般滋味。姹紫嫣红皆看遍，只剩阑珊心意。让过往，轻擦痕迹。午夜朱弦调素手，总叫人，寂寞无从语。和梅花，做知己。

银
物

她一袭棉布裙衫，细腕上戴一个银镯，雕着淡淡的纹饰，雅致清凉，简约静美。秀丽的长发，轻轻挽起，斜插一支古旧的梅花银簪。她低眉浅笑，与素净的容颜相映生辉。这并不华丽的人生，却让人如逢一朵茉莉花开，好似邂逅前世那段未了的情缘。

一直认为，能把古朴的银饰戴出美丽的女子，定然气质非凡。她应该青春年少，韶华当头，含蓄腼腆，质朴清宁。她应该人生迟暮，阅尽风霜，淡然世事，从容优雅。这看似简单朴素的饰品，并非所有女子都能够佩戴得恰到好处，娴雅贞静。

小时候去镇上的街市，每次经过老银铺，总会驻足观望。柜台里摆放着各式的银饰，晶莹透亮，古拙美丽。银项圈、银手镯、银戒指、银簪子、银梳子，以及各种银杯、银碗、银筷等物件，它们安静地守候着某个约定，等待来往的客人将其认领。

外婆说，祖上大富人家，家里所用的器皿、装饰皆为纯银而制。就连做饭系的围裙带子，绣花鞋的扣子，皆用纯银装点。我曾见过几件她遗留下的物件，为民间艺人纯手工打造，镂空的花纹，精致秀美。只因时光的沉淀，原本洁白如雪的银饰，被蒙上斑驳的印记，倒添了几分岁月的况味。

后来在课本里读了鲁迅笔下的《少年闰土》，对那个十一二岁、项戴银圈的少年生出好感。那时间，许多男女同学效仿闰土，去银铺请老银匠打造银项圈。我亦有过这念头，被母亲驳回。不久后，她从木柜里取了一枚老旧的银圆，带我去镇上的银铺打了一个小巧的银镯。这个银镯，从此伴随我走过那段多梦的年少光阴。

回忆很美，因为经过的事不会重来，而我们总会在寂寥之时怀想。每件旧物，背后都有一个故事，也许不够深刻，不够传奇，平淡之处却令人感动。镇上的老银铺还在，老银匠担忧他多年精湛的手艺有一天会失传，心生感慨和惋惜。店里几件古老的饰物，因为无人问津而落满尘埃。那敲打银饰的声音，亦渐次消失在悠长寂静的街巷。

浮世万千，众生一直在努力寻找自己想要的东西。一路捡拾，也一路丢失，最后遗留下来，珍藏着的只有寥寥几件。似乎近几年，开始流行起复古风尚。以往被视为残旧破损的古物，渐渐被人珍视，当作岁月的馈赠，被穿戴出来，装饰如水的流年。她们爱上了朴素的美，期待可以在旧物里，怀念那一去不复返的光阴。

白银，本是洁净之物。它光亮无瑕，映着素辉，如月光铺洒，似长风团露，清如芙蕖，洁白胜雪。后来白银被当作流通的钱币，沾染了尘浊，便与俗物相缠，再难分离。它不只是简单的饰品，还可以典当，支付给寻常的生活。

银器在春秋时，已经开始被当作饰品，装扮镶嵌在器物中。浊物本无心，不过是市井虚浮的修饰，又经了文人墨客的品赏，留岁于富商达贵的厅堂。直到后来，成为一种风尚，被世人认作珍宝，充实了家境，饱满了日子。

雅俗的界限，有如湖畔水天之影，未曾清晰，本来同源。大雅则俗，至俗则雅。金银诸多宝物，若只为了满足个人的贪欲，则辜负了它们原本的美好。若当作工艺品，装帧年岁，也算是繁荣了民族文化。

雪色碎银，熔于火中，再经银匠敲打、雕刻，绘上花鸟图案，或是经典故事。这浊物便有了它存在的价值，成了一道赏心悦目的风景，与你青春做伴，共赴红尘。曾或为簪，秀美了佳人的发际，临镜的妆容，静好的年华，美若闭月的西子。曾或为盏，沁润了诗客的灵思，借着贪欢的余醉，落下千古锦词丽句。

唐砖宋瓦，成了斜阳下惹人借古伤今的断壁残垣。曾经装点着奢华宫殿的物品，或埋于尘土，被岁月深藏，交还给自然；或被后世寻找，作为历史的凭证，诉说沧桑。唯有秦时明月，百代未改，亦如故人的诗文，风华经久。

银器的发展，初经秦汉，融合魏晋，在唐代亦如律诗、绝句般，繁荣璀璨。大唐的盛况，尽显于文化艺术，以及生活诸多事物之上。唐代的银器，亦随同富丽的盛世，有着空前绝代的万丈光辉。

"赵客缦胡缨，吴钩霜雪明。银鞍照白马，飒沓如流星。十步杀一人，千里不留行。事了拂衣去，深藏身与名。"这首《侠客行》，为诗仙李白所作，他的英风豪气，赋予了大唐无上的美感。银鞍白马，彰显英雄的气度，最见盛朝风采。

而杜牧的《秋夕》，则在银烛秋光里，抒写一个失意宫女孤独落寞的心情。"银烛秋光冷画屏，轻罗小扇扑流萤。天阶夜色凉如水，坐看牵牛织女星。"白银雕饰的烛台，分明是闪烁华丽的色彩。然而后宫三千粉黛，多少绝代佳人，被冰封在楼台深处，坐等幸运之神的降临。夜凉如水之时，牵牛织女星遥挂在明净的天空，为何人间情爱苦苦不得圆满。

宋代的词笔，不及唐诗那般绚烂怒放。宋代的银器，也如宋词般，清丽典雅，芳香浅色。于物中见新奇，于词里见风云，则为这个时代银器的特色。

晏几道曾有一首《鹧鸪天》，极为缠绵悱恻。如宋时的银，精美多情，婉约生动。"彩袖殷勤捧玉钟。当年拼却醉颜红。舞低杨柳楼心月，歌尽桃花扇影风。从别后，忆相逢。几回魂梦与君同。今宵剩把银钅工照，犹恐相逢是梦中。"

词人在一个如水良辰，邂逅了久别多年的歌女。回首当年相处时轻歌曼舞的佳境，误以为，这人生重遇，是在梦中。他执银灯，打量眼前的女子，怕这突如其来的美好稍纵即逝。曾经为他歌舞尽欢的女子，如今已添风霜。今夜之后，她重整妆容，流落在烟花巷，而他依旧背上词袋，消失于风月场。

明清时期的白银，成了极为重要的流通物品，汲取太多富贵的气息。而银器风格，亦有了许多转变。它缺少了唐诗宋词的恢宏气势、清雅别致，学会了与世随波。这时的银器，被世人用来炫耀身份，诸多物品中，图龙纹凤，尽显富态。

再后来，这一抹绚烂的色彩，被时光潜移默化，褪了风华。在灯火辉煌的现代舞台上，白银不再是主角，它只是一个平凡的戏子，淡抹轻妆，润饰着乏味的生活。也许还会有浮沉，也许它会以另一种姿态，高傲地存在。但它依然会坚守洁白的本质，在别人的故事里，演着离合悲喜。

那个戴着银镯、斜插银簪的女子，匆匆走过一段人世风景，而后，在一个古老美丽的地方，缓慢老去。

青铜

　　前几日，买来一个莲花形状的铜香炉，古朴精致，极为珍爱。焚香品茗，赏花听雨，已成了日子里不可缺失的片段。焚一炉香，折一枝新芽插入陶罐里，静坐听禅。如此光景，令你多么厌世，亦会觉得生命原可这般安逸、愉悦。喝一杯清淡的茶，时光干净，江山无恙，而我离那个古老的岁月，越来越近。

　　那是一个遥远的无人相识之地，我的前世也许走过，但所有遗留的记忆都被删去。几千年的文明长流，潮起潮落，依旧如故，人世沧海几度，唯岁月不惊。它的安宁，如连绵起伏的山峦，舒卷有序的白云，不分彼此的河流。而流经千年的江水，恍然如梦的云烟，低诉着冲洗不去的青铜时代。

其实，青铜一直伴随着我们寻常的生活，只是它存在于一些渺小的事物中，有些微不足道。与我最为亲近的，则是铜香炉、铜手炉，还有一面搁浅的铜镜，以及几把被流光遗忘的铜锁。人与事物相同，总是像候鸟一样不断地迁徙，每次道别，都不知何时相逢。聚首之日，只觉漫长的旅程已将彼此更改，唯有记忆，停留在昨天。

想起幼时读《声律启蒙》，有这么一句："尘虑萦心，懒抚七弦绿绮；霜华满鬓，羞看百炼青铜。"当时年小，只当作联句来读，甚觉美丽。如今却深知其意，亦恰似我的心情。尘世纷繁，那把汉木古琴，被搁置在书房的角落，无心弹抚。而铜镜早已成了屋内的装饰，终不肯擦拭，亦怕那光亮，照见日渐老去的容颜。

我的故事，苍白简单，而青铜的故事，却含蓄悠长。早知青春如此易逝，真该好好对待每个日子，一如铜，烧注成各种器物，见证自己存在的价值。欢聚、喝酒、做梦、远行、看风景，哪怕有一天突然亡故，也要知道最美的年华亦曾有过盛况。或是有一天老到孤独无依，还有那许多的回忆，足以慢慢下酒。

大概从尧舜禹时代起，青铜已经被应用，并且逐渐兴盛起来。夏代始有青铜容器和兵器。商晚期至西周早期，为青铜器发展之鼎盛时期，器形多样，凝重浑厚，铭文深长，花纹繁缛。之后，青铜器的胎体开始变薄，纹饰亦简洁朴素。青铜器是一个时代的烙印，每一个器皿，每一种造型，皆由手工制作，任何物件，都举世无双。

它曾为鼎，给原始的人们，盛载了文明的炊烟。它曾为樽，填满了帝王的城池，饮醉了月色的孤独。它曾为钺，伴随将士，所向披靡。它曾为锹，随着大禹，疏浚了山河。它曾为镜，悬在秦堂，正了世风。抑或孤鸾独伤，浸润了诗客佳人写在鬓角的沧桑。

青铜贯穿了整个古代，盛行于夏、商、西周、春秋及战国早期，到了东汉末年，陶瓷器取代了它的风华。隋唐时，铜器多为打造各式精美的铜镜，篆刻典雅的铭文。之后，便只做普通的器皿、物件，散落于寻常的生活中。

世间万物，皆要经历开始、鼎盛以及衰落的过程，青铜器亦是如此。它不能逆反自然，改变其衰退的命运，但历史亦不能抹去它曾有过的富丽辉煌，所度过的千年风雨。从夏朝至战国早期，青铜器被制作为礼乐之器，在诸多礼仪中演绎了它的价值。

编钟的韵致，神圣庄严，仿佛置身在紫阁间，听着盛朝的曲乐，探望富贵无比的宫殿，森严威武的长阶。自此，钟鼎门庭成了富贵至极的代称，而鼎亦是政权的标志。谁又知晓，富贵如许，亦是飞燕归来，寻不到的繁华。那乌衣巷里，王谢堂前，曾经筑巢的燕子，还是飞入了寻常百姓家。

礼器在中国青铜器制作中，是最精致的，因它代表了庄严的权势。而兵器，亦闪耀着那个时代的锐利和锋芒。春秋时期，有着诸多的冶炼师。"十年磨一剑，霜刃未曾试。今日把示君，谁有不平事。"剑是知己，沉默的时候，它会替你说话。许多剑客，就是凭着一把宝剑，闯荡江湖，笑傲风云。

越王勾践的剑，则为青铜兵器里的精品，也曾随着它的主人忍辱偷生，卧薪尝胆。细致的纹理，精巧的剑身，剑锋千载，依然熠熠。沙场上腐朽在草丛间的尸骨，没人会记起他曾经有过怎样的付出，只有手中握着的兵器，随他一起沉默在无边的风沙里，永不离弃。

铜镜算是青铜时代最香艳，也最有风华的一笔。无论是后宫佳丽，还是侯门绣户，或是寻常女子，都会在铜镜前，借着晨光和夜月，用青春装饰最美的妆容。那方铜镜，伴随她们一生，从青丝到白发。一天天，看着她们慢慢老去的容颜，而青铜，擦拭之后，却愈发光彩夺人。

贾岛有诗吟："不知今夕是何夕，催促阳台近镜台。谁道芙蓉水中种，青铜镜里一枝开。"诗人借着青铜镜里的映像，赞赏友人新婚妻子的美丽容颜。铜镜亦被作为信物，亲历才子佳人的缘聚缘散。杜牧《破镜》一诗中曾写："佳人失手镜初分，何日团圆再会君？"多少女子轻挽云鬓，对镜描眉，只为等候那个与她执手一生的良人。

后来，有大量铜币流散于市井间，被无数为着生活而劳碌奔走的商贾传来换去，磨损了钱身，断送了年华。他们为了蝇头小利，斤斤计算，到头来，富贵繁华也都只是过手之物，并不曾真正留住什么。

离开了那个属于它们的时代，青铜器带着一种天涯无主的落魄与孤独，失意于红尘深处。但没有谁忘记，它们曾被浇注与撰写过的鼎盛昨天。如今，它们有些伴随那个逝去的王朝，一同被埋藏于千年的泥土，沉醉不醒；有些被珍藏于博物馆里，为后世展览过往的风云旧事。

　　而我似乎喜爱它们被时光冷落的模样，喜爱它们以简单的姿态，安静地存在于世间。那些平凡的旧物，无须厚重的历史，无须文化的沉淀，亦无须背负一个王朝的使命。经历了人世幻灭荣枯，舍弃了风流过往，留下纯净的灵魂，给平淡的今天。

　　它只是一个铜香炉，萦绕的淡烟，装点主人风雅的厅堂。它只是一把老旧的铜锁，锁住重门深院里，冷暖悲欢的故事。它只是一面仿古的铜镜，搁在红颜的闺房，以为不去擦拭，就可以留驻青春。

　　历史的天空，此时风烟俱净。那些不解的铭文，到底刻着谁的誓言？那些风蚀的铜锈，又老去谁的沧桑？过往的壮志豪情，盛朝之音，早已扫落尘埃，前生之事，从今不再问起。

玉
石

总以为，世间最有灵性的，莫过于草木山石。我们无须学着如何和它相处，许多时候，它总是安静地存在，无言却真心，平淡亦有情。漫漫人生，关山迢递，于风烟浩荡的尘世中漫步，过尽汹涌。始信百年之后，所有惊骇息止，一切回归最初。我心如玉，明净无尘，温润似脂，冰肌胜雪。

最美的玉石，当是《红楼梦》中那块通灵宝玉。它本是女娲炼就的一块顽石，因无材补天而随神瑛侍者入世，幻化为贾宝玉出生时口衔的美玉。这块顽石，集千万年日月精华，早通灵性。它不甘隐没山崖，愿入红尘，于那富贵场中、温柔乡里享受几年，不枉来世间走过一遭。

第四卷
一方古物一风雅

后来，它随贾宝玉来到昌明隆盛之邦、诗礼簪缨之族的贾府，与他在红粉堆里，消磨度岁。人道金玉良缘，贾宝玉的玉和薛宝钗的金锁，成了他们之间解不开的孽缘，还不了的情债。他有通灵玉，雕着"莫失莫忘，仙寿恒昌"；她有黄金锁，刻着"不离不弃，芳龄永继"。

而林黛玉的前世，本是西方灵河岸上三生石畔的一株绛珠仙草，只因受赤瑕宫神瑛侍者的甘露灌溉，欠下他一段宿情，决意入世为人，以眼泪还之。她与贾宝玉有一段木石前盟，待宿缘了却，便幻化为仙，飘然远去。

他是无瑕美玉，她只是草木之人。三生石，缘定三生，可见世间许多情缘，皆因玉石而起，因玉石而尽。它本山石，淹没于岁月的尘泥中，浑然天成，古朴坚韧。经过一世又一世的往返轮回，在细水长流的日子里，为一个人守候天荒。

每一块玉，都有一段深邃的过去，当有一天它寻到前世的主人，便决然入世，任你雕琢赏玩。昨日桑田沧海，不过是云烟一朵，它之使命，只为了遇见生命中最温柔、最妥善的人。茫茫人海，那个人，也许在兼葭彼岸，也许在长亭古道，也许在红尘陌上，也许在空山幽林。无论经历多少世，终不改初心，只陪你共度光阴荣枯。

石之美者，玉也。它温润含蓄，通透典雅。《说文解字》云："玉，石之美。有五德：润泽以温，仁之方也；䚡理自外，可以知中，义之方也；其声舒扬，専以远闻，智之方也；不桡而折，勇之方也；锐廉而不技，絜之方也。"

玉有软玉和硬玉之分，软玉多为和田玉，再则为岫岩玉、南阳玉、独山玉、蓝田玉等十余种。硬玉，则为翡翠。软玉有白玉、黄玉、紫玉、墨玉、碧玉、青玉、红玉之分，而翡翠颜色有白、紫、绿等。好的种玉，如冰似水，通透莹润，令人一见钟情，再难相忘。

谦谦君子，温润如玉。君子以玉比德，君子必佩玉，君子无故，玉不去身。曾几何时，玉石与世人结下深刻之缘，从古至今，年年岁岁。君王不仅佩玉，就连象征无上皇权的印章，也是由美玉雕琢而成，并赋有一个美丽的名字——玉玺。王孙公子佩玉，剑客儒生佩玉，国色佳人佩玉，俗粉胭脂佩玉。

玉之温润，玉之颜色，玉之纯净，可消解烦忧，涤荡俗尘，愉悦心灵。爱玉之人，与玉朝暮相处，希望可以汲取玉的天然性灵，像玉一样和润优雅。一块赏心悦目的美玉，胜过世间的灵山秀水、春花秋月，纵是山河换主，它亦护你百代长宁。

玉石的历史，如它的年岁那般悠久绵长。早在八千年前新石器时期，先人就已珍视玉的美丽和坚实，磨之为器，琢之以佩，用来装饰、祭祀、瑞符、殓葬。到后来，玉器不仅融入生活，更成为观赏的艺术品。玉刻玉雕成了一种文化，多少玉匠用巧夺天工之技艺，雕刻出山水林壑、花鸟灵兽、亭台楼阁以及人物故事。

玉为灵性之物，可养生健体，更有驱妖辟邪之用。古人用玉做器具，以及许多佩戴的装饰品，玉镯、玉簪、玉指环、玉梳、玉佩等。而这种风习沿袭至今，比起古时，更为稀有而名贵，为世人所钟爱、痴绝。

原本只是隐藏于山间岩崖的顽石，就这样修炼出灵性，深受众生恩宠。它有其自身的风骨和命途，在山长水远的岁月风尘中，被无数人倾心相待。后来，它被写进诗歌中，撰入史册里，看过了别人的故事，自己又成了故事的主角。

"投我以木瓜，报之以琼琚。匪报也，永以为好也。投我以木桃，报之以琼瑶。匪报也，永以为好也。投我以木李，报之以琼玖。匪报也，永以为好也。"这是《诗经·国风·卫风》里的一篇，琼琚、琼瑶、琼玖，均是当时对玉的美称。

李商隐有诗吟："沧海月明珠有泪，蓝田日暖玉生烟。"这里的玉，则是陕西西安蓝田县所产的美玉。唐人王昌龄亦有诗吟："寒雨连江夜入吴，平明送客楚山孤。洛阳亲友如相问，一片冰心在玉壶。"尽管寒雨凄清，楚山孤寂，但诗人的心，一如藏在玉壶里的冰那样晶莹洁净。

"玉在山而草木润，渊生珠而崖不枯。"真正的天然古玉，外表温润软滑，沁色自然，雕工流畅。仿佛是你过尽沧海，才觅得的一颗明珠，拥有它，一生无悔。曾经有过盟约的人，不经意成了过客，而它与你风雨相伴，不曾许诺，却情深意长。

不知从何时开始，玉石不仅成了世人贴身佩戴的灵物，更成了彼此作为凭证的定情信物。"金玉有本质，焉能不坚刚。"也许那些相赠美玉的人，是希望彼此的情意若美玉那般高洁、坚定、永恒。倘若有一天，丢失了彼此，或许还可以凭借一支玉簪，一个玉镯，或是一块玉锁，找回曾经所爱，再续前缘。

我对玉的钟爱，当是无声的表白。曾经在琳琅满目的玉石中，有过相见倾心的物品。如何令我倾万千宠爱于一身，始信与之有过一段三生石上的情缘？相视的瞬间，我有种踏遍千山将它寻的惊喜，它有种静待故人归的安然。它温润青翠，晶莹剔透，吹弹可破，似前世遗落的眼泪，令今生频频回首，再不忍擦肩。

其实每块玉，都在寻找它真正的主人。纵然走过山重水复的乱世红尘，有一天也会和你不期而遇，相约同游这烟火人间。那么，在有限的时光里，等待或者寻访那块属于自己的玉石吧。说好了，与它双双终老，不求地老天荒，只要一世情长。

古
陶

　　那是一种美丽古老的器物，有着粗粝的线条，素朴的花纹。外表粗犷，质里天然，历岁岁年年、风风雨雨，终安然无恙。它是古陶，经岁月的泥、时光的火，打造成性灵之物。也曾风华了一个王朝的故事，也曾吹奏了一曲苍凉的绝响，也曾装点了一段如水的光阴。

　　古陶的历史源远流长，可追溯到万年之前。陶之初，只是简单器皿，存水储物，坚固耐用，美观大方，仅为生活。后来世人赋予了其艺术与情感，便有了插花的陶瓶，装饰的陶器，品茶的陶具，以及古老乐器中的埙。陶的姿态，一如遥远的流年，古拙端然，深沉忧伤。

金、石、土、革、丝、竹、匏、木，谓之八音，而埙独占土音。古人曰："观其正五声，调六律，刚柔必中，清浊靡失。将金石以同功，岂笙竽而取匹？"只是简单词句，道出了埙音色的醇厚与柔润，仿若在诉说那遗落千年的古风与悲凉。而我曾被这简约的旧物打动，那飘荡在古城的埙曲，碰触过心灵最深处的温柔。

那是一个萧瑟的秋日，漫步于长安一条老街上。天空澄澈高远，湛蓝无尘，几朵流云悠然飘过，灵动婉转。古老的青槐葱郁茂盛，枝叶繁密，掩映着一排仿古建筑。脚下的青石板路，宽大而洁净，被来往的过客打磨得光滑而明亮。原以为这座古城，黄尘漫天，沧桑入骨，竟不知雨后的秋，亦有如此淡然气息，悠悠风景。

有埙的声音，自古巷人家飘荡而出，旷远而寥落，幽怨又苍茫。那埙声，带着亘古的荒凉。呜咽之声，仿佛在向路人讲述长安古城的昨日旧梦。而我，亦是那错入了时光的女子，穿过秦汉明月、盛唐之风，做了一回繁华往事里的主角。

后来，方知这首埙曲为《心头的影子》。惊觉那陶土制就的简单乐器，无弦非琴，竟能吹出如此幽深哀绝的曲调。尔后在许多个暮色沉寂的黄昏里，我在埙曲中，总能邂逅远古的岁月。时光的河流，已是一片迷茫云水，悲凉之音如一簇清凉的月光，如影随形，治愈着灵魂的伤。

陶器为古老悠长的民间手工艺，先民在一万年以前就已懂得制陶器的技术。历经岁月更迭，从粗陶发展为一批批精美的生活用品和艺术品。新石器时代有风格粗犷、朴实的灰陶、红陶、彩陶和黑陶。商代出现了釉陶。器形多为仿青铜器及器皿，有杯、盘、碗、壶、盒、鼎、炉、豆、敦、罐等。

唐三彩则是一种盛行于唐代的陶器，以黄、褐、绿为基本釉色。其色釉有浓淡相宜、彼此浸润、斑驳淋漓之效果。于色彩的相互辉映中，尽显其富丽堂皇的艺术魅力。宋代名窑涌现，其陶瓷作品集天地灵秀，质地细腻，釉色润泽，花纹精美。明清时代的陶瓷，从制坯、装饰、施釉到烧成，胜过前朝。

每一种古陶，都有其不可言说的历史故事、风土人情。不同的器形和纹饰，胎质和铭文，可以解读出属于那个时代的人们的审美和情趣。我们从不同陶具、器皿中，探索和寻觅那些早已消亡和变迁的王朝。陶有如烙印，在深沉如水的光阴里，静静地兑现过往许下的诺言。

陶的故事，最为传奇的，当是秦始皇陵里的陶俑。那是一个不解的千秋之谜，伴随着一代风云霸主，淹没在万古不变的黄尘中。那些陶俑，一如他们的真身，曾经与秦王嬴政，携手统一六国，死后亦默默地守护他的亡灵，不改初衷。

我曾瞻仰过秦始皇兵马俑，虽埋于尘土，却气势磅礴，令人肃穆惊心。只是简单的泥土，被技艺精湛的工艺师打造成飒爽英姿的将士，久经沙场的战马，再经烈火烧制，成为拍案惊奇的兵马陶俑。他们在黑暗中屹立了两千多年光阴，不在乎风霜刀剑，世事流转。在尘埃落定那一刻，拭去满面沧桑，俨然立马于硝烟弥漫的战场，威风凛凛，气壮山河。

古陶不同于陶瓷，古陶有着质朴坚韧的灵魂，瓷是细腻纤薄之姿态。二者皆由泥土灵性之物制就，而古陶沉静端然，历岁月风尘，独自散发着幽幽暗暗、明明灭灭的光芒。

紫砂将陶与瓷结合了起来，介于陶与瓷之间，有着陶的沉着优雅，又有瓷的细腻风情。紫砂壶的起源一直可以上溯到春秋时期的越国名臣"陶朱公"范蠡。当年范蠡助越王成就霸业，但勾践为人，可与共患难，难与同安乐。功成身退的范公，一袭白衫，携西施泛舟五湖。于吴地叫人制壶，没几年，便富可敌国。

可他散尽家财，飘然隐逸，扁舟一叶，岁月山河尽入壶中。

我爱茶，对喝茶的器具亦极为重视。薄胎纤白的青花瓷杯，古意盎然的宋时小壶，清新淡雅的竹碗，琉璃盏，紫砂漏。但时时把玩，心头念念不忘的，仍是那两只手工粗陶梅花杯。简约的款式，杯面为青色粗陶质地，杯里是一片素色，一枝红梅自杯底斜斜逸出。若是盛了茶水，或是琥珀色的普洱，抑或是浅绿翠竹，那梅花便似笼在一片云烟里，盈盈地盛放开来。

今夏，雨水颇丰。每至入夜时分，那淅淅沥沥的雨，落在植着莲荷的陶缸里，发出微小明亮的回声。许是荡开了涟漪，最终又归于沉寂，周而复始。这时隔帘听雨，为世间最美的情事，说是听雨，亦为赏心。

雨后江南，天空清澈，远处云山氤氲，潮湿的空气，似拧得出水来。老旧的青瓦黛墙，又添了几许深厚的苔藓。万物生灵，有着其妙不可言的美丽。盛雨水煮春茶，取梅花小石瓢壶冲泡，于淡淡香茶里，忆一段陶的前世今生。

也许有一天，我会开一家陶的小店，取名陶之初。木质的古架上，随意摆放几只粗陶花瓶，姿态古拙，意趣天然。每款紫砂壶，刻着即兴而成的花木，写几首自题的绝句小令。而我，着简布素衣，挽发髻，斜插一支木簪，在陶的风霜里，淡然如初。

一直深信，每一件器物都有其灵性与风骨。如若不然，那飘荡千年的尘，纵横了经纬，最终零落成泥，经故事雕琢，与火同生共死。它掩去初时光芒，安静无言地等待着来往过客，将其深深打量，而后遗忘。

是缘，亦是过往。

瓷
器

　　隔帘听雨，午后时光寂寥悠长，一如那首《秋水悠悠》的古琴曲，缥缈旷远。窗外烟峦点染，潮湿的植物，澄澈如水。远处若隐若现的风景，被淡青色烟云缭绕。短暂的相遇，恍如刹那惊鸿。俄尔，不见。

　　焚一炉百年老檀，岁月的沉香弥漫了整个书房，而我似乎可以顺着烟雾的方向，寻到曾经执手约定的过往。案几上轻薄剔透的白瓷杯里，浸着几朵合欢花。合欢在温热的水中盈盈浮落，浅红明亮的汤色，如同前世情人的眼泪，将白瓷映衬得忧伤而美丽。

　　这是一个收藏灵魂的季节，壁橱里摆放着一排洁净的青花瓷罐。罐子里储存的是我今年新酿的青梅酒、枇杷酒，还有用合欢和茉莉花浸泡的酒。制作的每一个过程都细致入微，仿佛将花木的灵魂和情愫装入瓷瓶内，免去了它们宿命的轮回。而瓷，亦在静止无言的时光里，散发出历史温柔的光芒。

　　我爱瓷，爱它的素雅沉静，爱它的高贵端然。这洁净玲珑的旧物，古代女子用来装胭脂水粉，观音用来斜插一枝绿柳，《红楼梦》里用来煮水烹茶。它装点过文人墨客的书房，富丽了皇族贵胄的厅堂，也丰富了百姓人家的陋室。

　　从古至今，太多人对瓷有着深刻的情结。瓷的温润晶莹、玉骨冰肌，以及那停留在器皿中的温度，萦绕不去的情怀，在岁月华丽的枝头，幽深彻骨，风情万种。

　　中国是瓷器的故乡，那些飘忽无定、无根无蒂的尘土，在华夏大地找到了生命归宿。它们凝聚山水日月之精魂，成为中华古国瑰丽传奇的宝藏。瓷器起源于三千多年前，由陶器演变而来。商代和西周遗址中发现的青釉器，质地较陶器细腻，胎色以灰白居多，被世人称作原始瓷器。

从商代，经西周、春秋战国至东汉，瓷器有了不可遮掩的锋芒。东汉至魏晋多为青瓷，南北朝以白釉瓷为主。再历盛唐，到宋时，名瓷名窑已遍布大半河山。宋瓷有如宋词，婉约含蓄，清丽典雅。每一种釉色，都有情感；每一款图案，都有记忆；每一个名窑，都有故事。历史上著名的五大名窑，汝窑、官窑、哥窑、钧窑和定窑，皆投宿在宋朝明净的光阴里。

名瓷之首，当以汝窑为魁，淡青色为主，温润清雅。明徐渭曾题诗："花是扬州种，瓶是汝州窑。注以江东水，春风锁二乔。"汝窑的工匠以名贵的玛瑙入釉，使得汝瓷"青如天，面如玉，蝉翼纹，晨星稀，芝麻支钉，釉满足"的美誉为历代所称颂。况汝窑瓷器存世量极少，十分珍稀。周世宗曾御批："雨过天青云破处，这般颜色作将来。"那烟雨天青色的汝瓷，温润纯净，似把玩的美玉。

《红楼梦》是一部容纳世间百相的著作，大观园里亦不只是缠绵悱恻的儿女情长。从吃茶到饮酒，诗词到戏曲，禅佛到道教，人生百态、万象世情皆入其间。那引人入胜的朱红门扉，道尽离合兴亡。而瓷，亦随着沁芳溪的水、潇湘馆的竹、栊翠庵的梅、蘅芜苑的香草，散发着诗性典雅的气质，亦透露出惆怅破碎的悲情。

黛玉初入贾府，去王夫人处拜访，入眼之物即有一尊汝窑美人觚，觚内插着时鲜花卉。宝钗的蘅芜苑，奇草仙藤，异香扑鼻，屋内却如雪洞一般，一色玩器俱无，只案上一个土定瓶中供着数枝菊花。宝钗者，也只有定瓷的古朴不失灵秀，粗犷唯见雅致可相媲美。瓷器不仅蕴含了文化，也寄寓了性情。

那一年的江南，素雪纷纷，天地间一片洁白如瓷，剔透莹澈。苏州香雪海梅花似雪，暗香浮动，天人女子妙玉着一身素衣，挽如云长发。她将梅花瓣上的白雪收入鬼脸青的花瓮，而这花瓮乃是钧窑烧制的上品瓷器。后将沁了幽幽梅香的雪水，埋于树根之下，经岁月沉淀，五年后，她方舍得取出来煮茗。于是有了她请黛玉、宝钗以及宝玉品茶的那一段风雅故事。

栊翠庵花木葱茏繁盛，炎夏仍是花气袭人。贾母初次带刘姥姥去妙玉处吃茶，妙玉对于喝茶极为讲究，况又出身书香官宦世家，对于茶道瓷器亦格外用心。她亲自用成窑五彩小盖钟，盛了旧年雨水冲泡的老君眉，捧与贾母，而众人皆是一色官窑脱胎填白盖碗。成窑之珍稀贵重堪配贾母，官窑脱胎填白盖碗亦不落俗套。众生慈悲，世法平等。

水墨青花，那飘荡千年的美丽与哀愁，在迷蒙烟色里渐渐晕染了痕迹，素胎青釉色，似流水淡烟，宛若对青春韶华许下永久的诺言。亦唯有淡漠花青的韵致，方配得起这般高贵优雅的灵魂。徐志摩的《水墨青花》曾云："轻吟一句情话，执笔一副情画。绽放一地情花，覆盖一片青瓦。共饮一杯清茶，同研一碗青砂。挽起一面轻纱，看清天边月牙。爱像水墨青花，何惧刹那芳华。"

漫漫多情话，恰似水墨青花。青花瓷，是所有瓷器里我最为钟爱的一种。被誉为"瓷都"的景德镇所烧制的元青花亦成为瓷器的代表，所产瓷器具有"白如玉，明如镜，薄如纸，声如磬"的独特风格。初露风采，便已风靡一时，成为景德镇传统名瓷之冠。与青花瓷并称四大名瓷的还有青花玲珑瓷、粉彩瓷和颜色釉瓷。而瓷都曾出现过"村村窑火，户户陶埏"的绮丽景观。

我本江西临川人氏，幼时家中所用物品，皆为景德镇烧制的瓷碗、瓷盘、瓷缸、瓷瓮。虽然只是民间青瓷，有些瓷具却上了年代，为先人所藏，亦极珍贵。那时瓷器太过寻常，到底不曾珍惜，一些完整的瓷瓮、瓷罐，被识货的古董商人下乡廉价收购，摇身一变成了珍稀的古物。余留几件破损的瓷器，亦被丢弃于角落，几经迁徙，不见踪影。如今只能凭着记忆，想象瓷器上那几笔淡墨青花，逢人说几句悔意的话。

青花瓷上的写意淡彩，裹着岁月包浆、云烟往事，空灵隽秀，飘逸出尘。青花宛若烟雨江南，色泽淡雅，抑或浓艳，都有其不可言说的美丽，难以名状的神韵。时光浸润了脉络，岁月书写着风骨，青花瓷永远一如初见，秀雅姿容，令人惊心。

至清时，瓷器制造历数千年悠悠岁月，已是登峰造极，斑斓多姿。康熙时的素三彩、五彩，雍正、乾隆时的粉彩、珐琅彩都是闻名中外、惊艳古今的精品。瓷如同每个帝王的性情，或素朴清逸，或浓墨重彩。百态千姿的纹饰，栩栩如生的图案，摆放在紫禁城里，供帝王后妃赏用，尽显王者风流。

初识骨瓷，轻致细密，清凉明澈，似初恋的小女子，轻盈入骨，却又带着宿命的意味。但总觉得缺少了一份纯净，以及岁月打磨的痕迹。太过轻薄与纤弱，怕自己某个不经意的举止，会伤害它的美丽，因而少了那份追求的心情。

　　时光不待，草木有序，数千年的明与灭、土与火，那漫漫窑烟，似清幽玄妙的风景，落在静谧的人间。绿水清波，远山凝黛，是烟雨江南，亦是瓷器反复描摹的背景。旧时河山已逝，人情俱如云烟，徒留古瓷器上的青花，含蓄地讲述着阴晴圆缺的当年。

第五卷 ◎ 一曲云水一闲茶

一有一种风雅——趁年华——

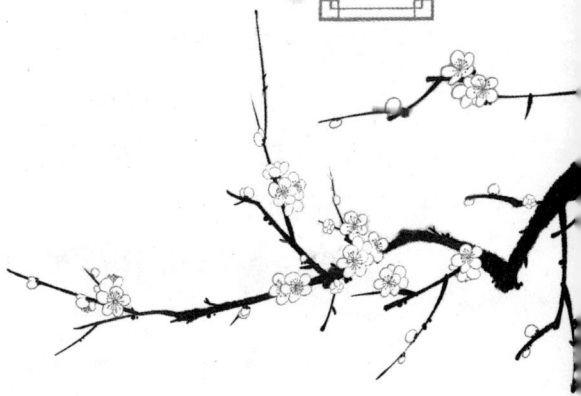

楼

阁

　　江南梅雨，就这样漫不经心地下着，淅淅沥沥地让人忘记年岁。楼下院墙的植物，在烟水中，愈发地翠绿葱茏。窗台种的睡莲，已是荷叶田田。还有一株已经枯死的茉莉，竟在雨水中重生，发了新的嫩芽。草木的灵性与情长，是文字所不能言说的。于这人间修行，唯有它们，始终如初时那般洁净和清白。

　　独坐小楼，喝一壶闲茶，翻看潮湿的书卷。"若问闲情都几许。一川烟草，满城风絮，梅子黄时雨。"这是贺铸的《青玉案》，竟与此时情境一般相同。锦瑟年华，付与无情流光，这一路行来，风餐露宿，早已找不回当年清澈的自己。

　　而后听闻故乡的雨水，已经泛滥成灾。河水本无过错，然它一个简单的转身，一声轻微的叹息，就足以令生灵涂炭，家园尽毁。檐间的水，流落千汀，竟翻涌而来，冲倒每一座瘦弱的桥，以及原本就已风烛残年的老宅。

　　记忆在梅雨中泛潮，我开始牵挂幼时居住的宅院，以及那座古老的木质楼阁。小时候，总爱独坐在木楼上，看悠然的云，听萧疏的雨，赏明净的月。喜欢高处远眺，看起伏的山脉，错落的稻田，聚散的屋舍，或是墙院上，一丛不知名的野花。而今，那些熟悉的事物，早已将我抛弃，不会再来。

　　古人建楼阁，是为了做藏书、远眺、巡更、饮宴、娱乐、休憩、观景之用。城楼在战国时期已经出现。汉代皇帝崇信神仙方术之说，高峻空旷楼阁上可以会仙人，汉武帝时曾建井干楼，高达五十丈。他们在楼阁之上饮宴、会仙、望远、辞行，城楼成了一块神圣不可侵犯的领土。

　　佛教传入中国，一时间，崇山峻岭的山林，建筑古刹楼阁。高耸入云的佛塔，让众生心生敬畏。《西游记》里有一幕夜深时分唐僧师徒扫塔的场景，感人至深。歌词云："乌云压顶夜森森，塔铃儿响声声。夜色昏暗灯儿不明，知是宝塔第几层。一片禅心悲众生，师徒扫塔情殷殷。驱散妖雾乾坤净，换来晴天，换来晴天月儿明。"

《西游记》第三十六回，有一段这样的描写："那长老在马上遥观，只见那山凹里有楼台迭迭，殿阁重重。三藏道：'徒弟，此时天色已晚，幸得那壁厢有楼阁不远，想必是庵观寺院，我们都到那里借宿一宵，明日再行罢。'"

如今寻访名山胜地，依旧可以看到许多保留千载的佛塔名楼。取清幽僻静之处，设藏经阁、大悲阁、钟鼓楼。众僧侣在楼阁之上阅经打坐，品茗说禅，听风赏月，消遣寂寞的光阴。但凡有寺庙道院，皆可见得楼阁亭台，道骨清风。

唐人杜牧有诗吟："千里莺啼绿映红，水村山郭酒旗风。南朝四百八十寺，多少楼台烟雨中。"说的是南朝遗留下来的佛教建筑，在烟雨中若隐若现，更添迷离之美。朝代更迭，楼台依旧，四百八十古刹，已成了众生追寻朝拜的风景。

皇宫大院，以及贵族府邸，亦建轩榭楼阁。后楼、厢楼、东楼、戏楼，大多临着亭台水榭而建，构造巧妙，精致典雅。雕刻之饰，富丽堂皇。素日里空置着，雅兴起时，便相聚一处，摆宴听戏，饮酒作乐。红墙绿瓦之内夜夜笙歌，却不知登高远眺，彩云易散，春风秋月各自茫然。

江南的亭台楼阁更是婉转多韵，建于曲栏回廊处，丛林草木间，景致清幽，雅逸绝俗。最为别致的，则是江南古典园林，往日王侯官府的私家宅院。他们在园林风景绝佳处设幽馆，筑楼台，听戏宴会，吟诗作赋，赏四时丽景，品趣味人生。

唐人韩偓有诗吟："恻恻轻寒翦翦风，杏花飘雪小桃红。夜深斜搭秋千索，楼阁朦胧细雨中。"春雨清寒，杏花如雪，秋千空悬，夜雨朦胧的楼阁，隐现出无限缠绵之意。也许楼阁之内，有美人如许，红泥小火炉，烹煮佳酿。这雨中楼阁，以及楼阁里的情景，竟那么耐人寻味。

"楼阁宜佳客，江山入好诗。清风水蘋叶，白露木兰枝。"此为白居易《江楼早秋》之句。楼阁临江而建，引起无数诗客登楼赏阅这南国秋景。湖光朝霁，蘋叶聚散，看波涛逐浪，如画江山。白居易有着深刻的江南情结，曾写下三首《忆江南》，千百年来，被无数人吟咏回味。他登楼感怀，赏景作诗，期盼有一天可以找到心灵的原乡，返回故里。

还有一位登楼望远的词人，在一个中秋之夜，酩酊大醉，写下一首永远的《水调歌头》。"明月几时有？把酒问青天。不知天上宫阙，今夕是何年。我欲乘风归去。又恐琼楼玉宇，高处不胜寒。起舞弄清影，何似在人间。转朱阁，低绮户，照无眠。不应有恨，何事长向别时圆？人有悲欢离合，月有阴晴圆缺，此事古难全。但愿人长久，千里共婵娟。"

空旷的楼阁之上，皓月当空，亲人千里，词人思绪轻灵，有一种遗世独立的缥缈和孤独。宫殿楼台，离天的距离很近，似乎可以感受到广寒宫的凄凉与寂寞。月亮转过朱红华丽的楼阁，又低低地透进雕花的古窗里，照着满怀心事、不得安眠的人。明月本无错，却在世人离别之时，悄悄团圆。虽说高处不胜寒，但苏东坡终究是洒脱的，他说但愿人长久，千里亦可以共婵娟。

最负盛名的楼阁当为江南三大名楼——岳阳楼、黄鹤楼、滕王阁。"洞庭天下水，岳阳天下楼。"北宋文学家范仲淹曾为岳阳楼写下传世名篇《岳阳楼记》："至若春和景明，波澜不惊，上下天光，一碧万顷；沙鸥翔集，锦鳞游泳；岸芷汀兰，郁郁青青。"赏阅洞庭湖皓月千里、静影沉璧的佳景之时，更写出他"不以物喜，不以己悲"，"先天下之忧而忧，后天下之乐而乐"的旷达情怀。

"黄鹤楼中吹玉笛，江城五月落梅花。"这是李白登黄鹤楼写下的名句。黄鹤楼临巴山群峰，接潇湘水云，古老典雅的楼阁，承唐宋遗风，过往历史，仍被后世追忆。三国时，黄鹤楼曾为军事目的而建，后成了官商行人旅游之地，饮宴之所。黄鹤楼曾有仙人驾鹤经此，遂以得名。唐人崔颢有诗吟："昔人已乘黄鹤去，此地空余黄鹤楼。黄鹤一去不复返，白云千载空悠悠。"

"落霞与孤鹜齐飞，秋水共长天一色。"这是王勃写滕王阁的名句，至今依旧让人向往那落霞孤鹜、秋水长天的景象。我曾几度踏寻古人先迹，登临滕王阁。纵览滔滔赣江水，远眺万里长天，青山横翠，流云竞走，长桥卧波。几叶小舟漂浮在江河之上，渐渐隐没于苍茫水波，不复与见。

"关山难越，谁悲失路之人？萍水相逢，尽是他乡之客。"每一天，都有天南地北的过客登楼赏景，萍水相遇，如一场亭榭歌舞，转瞬即逝。之后，各自奔走于车水马龙的尘世，再度相逢，已不知会是何处人家。若然有幸，寻一知己，执手相待，坐看云起，又该是怎样的情长？

年少时尤喜辛弃疾的一首词："少年不识愁滋味，爱上层楼。爱上层楼，为赋新词强说愁。而今识尽愁滋味，欲说还休。

欲说还休，却道天凉好个秋。"此时的我，看罢尘寰消长，心生
凉意，如至清秋。这种醒透与凉薄，任世间多少情意，都不能将
之捂暖。

有一天，若能再归故里，旧景重现，我只想再登一次阁楼，
在晚云收起、日落薄暮之时，再看一场远去的雁南飞。

琐
窗

　　此刻，风从檐角穿过，云在窗外踱步。而我，于一扇明净的窗牖下，盘膝而坐，独品闲茶。远处青山叠翠，近处杨柳依依，这虚实相生的风景，加之浓淡相宜的佳茗，美得恍若梦中。

　　这一直是我想要的生活，宁静安稳，闲淡朴素。时光早已将青春抛得太远，深沉的岁月爬过肩头，行至眉上。唯对镜时，方知流光无情，沧桑容颜，触目惊心。曾经的错过与缺憾，已经无法用光阴去弥补，而我依旧固执地守护那个纯净的梦，不改初衷。

　　一个人，一扇窗，如此不被惊扰地活着，胜过奔走于喧嚣俗世。和一个陌路人晦涩地交谈，与一片风景假装对视，都是我所不愿。当年佛祖在一株菩提树下，获得证悟，了断尘缘。而我亦期待可以在一扇幽窗下，静坐白头，弹一首相思的曲调，哪怕今生不得相逢。

年少的我，每天倚着老屋里那扇雕花的古窗，看雨水滴落在天井石阶，看繁花纷飞于庭院回廊，看檐角时光慢慢地远去。我总会想象小窗之外遥远的风景，那陌生的世界，诱惑远行。后来真的背上行囊，走过无数座桥，见过无数的云，却再也没有遇到过故乡那样古老的窗，那样明净的月。

江西老宅，属徽派建筑，明清之风，灵秀典雅。一门一窗，一梁一柱，都有耐人寻味的古典主题。花窗之上，雕刻的不仅是渔樵耕读的故事，亦有阳春白雪的诗情。有仕女抚琴、雅客横笛、渔父垂钓、诗翁题句，许多民俗人物、历史典故，都被雕刻成图案，绘在窗牖上，雅趣横生。

窗不仅做采光通风之用，更成了一种文化艺术。自西周开始，到战国，便有了落地式的棂格窗，造型古朴，简约雅致。汉代的窗，在形制上已经十分完备。魏晋南北朝时出现了成排的直棂窗，窗边悬挂幕帘与帐幕。唐宋之后承接魏晋遗风，加之改善，窗户的造型已是姿态万千。槛窗、支摘窗、什锦窗，各式窗牖，曲棂横列，阳光下水波荡漾，光影闪烁，美妙绝伦。

明清时候，江南盛行园林之风，回廊与外墙上，常有造型典雅、风格独特的小窗点缀其间。窗饰的种类多达百种，梅花形、扇面形、寿桃形、六角形，从不同窗子观景，妙趣横生，意味无穷。苏州园林常以薄砖青瓦砌成窗棂，以各种植物图案装饰窗心，形态优美，别具匠心，令人观后心旷神怡。

最美的当为庭院楼阁的木窗，装饰古朴，所刻之图内容丰富。花卉山水、虫鱼鸟兽、人物故事、戏曲佛教，尽入其中。倚着幽窗，看窗外假山奇石、红杏一枝、芭蕉几树、翠竹数竿，可谓风情万种，妙处难言。白日观景，夜间赏灯，时闻窗外翠鸟鸣枝，花落阶台。那一处，传来丝竹清音，几声唱腔，更是曼妙多姿，夺人心魄。

每个人从出生到死去，都离不开一扇小小窗户。哪怕在行途路上，停歇于驿站旅馆，亦有一扇窗，是为你打开；有一盏灯，是为你点亮。一扇窗，给我们带来一种归属感，仿佛坐于窗外，就可以免去风雨漂泊。离开那扇窗，我们都在接受命运的放逐，南北东西，不知何日重逢，对坐闲窗下，看圆缺的月，说冷暖的话。

李商隐有诗吟："君问归期未有期，巴山夜雨涨秋池。何当共剪西窗烛，却话巴山夜雨时。"一场绵绵秋雨，阻隔了行程。羁旅巴山的李商隐，在夜雨中思念爱妻，只盼能够回归故里，与爱妻同坐西窗之下，剪尽烛花，絮说情话，共此良宵。西窗成了诗人心中割舍不断的依恋，道不尽的悱恻缠绵。

白居易为江州司马时，亦写过一首《夜雪》诗："已讶衾枕冷，复见窗户明。夜深知雪重，时闻折竹声。"雪夜里，诗人独自拥衾而卧，隐约见得积雪映照于窗户，光影明亮。不时听闻院落里，积雪折竹，给这宁静的雪夜，增添几许无言的美丽。原本冷落的心肠，亦有了几分慰安。人生很远，终只是一扇窗的距离。窗外掠过的原只是浮世烟火，如梦幻泡影，转瞬即逝。

陶渊明在《归去来兮辞》里吟："引壶觞以自酌，眄庭柯以怡颜。倚南窗以寄傲，审容膝之易安。"放弃仕途的陶潜，早已看遍沧桑世味。如今一扇小窗，就足以寄他傲世情怀。真正的旷达与坦荡，并非居住在华丽高贵的庭园，一个简朴的房间，亦可以搁浅疲惫的灵魂，给予安稳和闲情。

窗与读书人，渊源甚深。十年寒窗苦读，一朝金榜得中，便可青云直上。《西厢记》云："投至得云路鹏程九万里，先受了雪窗萤火二十年。才高难入俗人机，时乖不遂男儿愿。空雕虫篆刻，缀断简残编。"

《三字经》云："如囊萤，如映雪。家虽贫，学不辍。"说的则是孙康映雪、车胤囊萤的典故。此二人家境清贫，然求学之心，日月可鉴。多少个寒窗雪夜，借着明月光影、微弱萤火，苦读冥思，为求果报。此番执着，被后世推崇，传为佳话。

"佳人当窗弄白日，弦将手语弹鸣筝。"窗与闺阁女子，更是形影不离的知音。古时闺阁绣户，楼台思妇，漫长的人生光阴，都是在一扇扇琐窗之下度过。她们守着窗内狭窄的小天地，洗手做羹汤，织补叹夜长。也曾渴望窗外世界，与扁舟游子，天涯同行。然这一生的青春岁月，都锁在窗内，这里是开始，亦为归宿。

"机中织锦秦川女，碧纱如烟隔窗语。"这位织锦的秦川女，一如南北朝时窦滔之妻苏蕙，独守空房的她，在锦缎上绣下巧夺天工的名作——璇玑图。璇玑图无论正读、反读、纵横反复，都可以是一篇锦绣诗章，此后无数闺中绣户争相传抄。也许她们情怀相当，但真正深知其意的，却寥若晨星。碧纱窗内，总能见到这些女子伶俜的身影，听到轻微的哀叹。多少青春女子就这样等到白头，在窗下，孤独老去。

林黛玉曾在一个风雨之夜，于凄清的潇湘馆内，写下《秋窗风雨夕》。"秋花惨淡秋草黄，耿耿秋灯秋夜长。已觉秋窗秋不尽，那堪风雨助凄凉！助秋风雨来何速，惊破秋窗秋梦绿……"如此旷世才情，风华之貌，终被世情辜负。只闻得秋雨敲窗，一声声，一阵阵，令人心碎断肠。

"夜来幽梦忽还乡。小轩窗，正梳妆。相顾无言，惟有泪千行。"苏轼在梦中见亡妻王弗魂魄归来，正临窗而坐，对镜梳妆。梦醒之后，寒窗寂寥，竟无处话凄凉。回忆那年时光，郎情妾意，轩窗下，他为她描眉点翠，她对他脉脉含情。昨日恩情，已是幻影，只换取尘满面，鬓如霜。

轩窗之内，还有一个著名典故。传说秦桧之欲杀岳飞也，于东窗下与妻王氏谋之。后秦桧死，王氏请道士招魂，见桧戴着枷锁，备受诸苦。桧曰："可烦传语夫人，东窗事发矣。"后"东窗事发"，即罪行或阴谋败露之意。

"黄鸟何关关，幽兰亦靡靡。此时深闺妇，日照纱窗里。"多少故事被隐藏在琐窗深处，岁岁年年，不见天日。梅花落尽，柳叶青；红枫满地，冬雪白。轩窗外，翻来覆去地演绎着四时光景；轩窗内，更换了多少佳人丽影。岁月就这样仓促地老去，留下无数空白，无从填补，无处寻觅。

如若可以，愿尘世中的你我，今生得以寻到一处黛瓦白墙的居所。小窗闲卧，自醉东篱，折取春杏，静待月圆。

庭院

记忆中，也曾居住过那么一个庭院，不风雅，却简约别致；不奢华，却朴素安逸。篱笆修筑的院落，几树桃柳，几丛青草，一方竹桌，几张竹椅。春天农耕，闲时赏花；夏夜乘凉，静剥莲子；秋天种菊，自酿花酒；冬日观雪，围炉猜谜。

后来到底还是离开了乡村小院，去了灯火阑珊的都市。并非不知珍惜那份宁静，无奈听命于尘世的摆弄，在清贫中挣得更好的生存。只是那满城被修饰的树木，被梳理的花草，像是一个清秀女子抹上了脂粉艳妆，没有乡村植物那般古朴天然。

如今回到古镇山村，修个庭院，筑间小屋，是许多人心之所往的追求。多少人甘愿丢下繁华，舍弃功利，于深深庭院栽花种草，读书品茗。寂寞时，约上邻人，做几道小院栽种的蔬菜，品几盏自酿的果酒，闲话古今，悠然忘尘。这看似平淡的生活，竟成了一种奢望，有时候幸福明明很近，却不能与之有交集。

相信，终有那么一日，我会有一座安身的小院，素洁简净，恬淡清宁。可以不见许多生人，任凭绿色藤蔓爬满墙院大门，草木肆意生长。我只守着小小庭院，方寸岁月，无意外面熙攘人潮，漫漫河山。亦不要谁人记住，江南的落梅小院，江南的我。

当下的江南，庭院园林多不胜数，每逢节日，游客如涌而至，赏景成了赏人。亦有闲暇清静之时，如画春景，疏淡秋山，任你闲庭漫步，相看流连。但纵然你多么沉迷这座美丽的古典园林，亦做不了那里的主人。月上柳梢之时，所有的过客皆要离去，只留下一座空园，孤独地回忆那些再也回不去的曾经。

陆游曾有词写道："镜湖元自属闲人，又何必、君恩赐与。"园林在古时原本是官宦人家所有，如今市井凡人，亦可入园赏花，算来已是恩德。但百姓人家，有自己的篱院茅舍，门前流水，远处青山，无须官家赐予，自可随时赏景。耕织垂钓，把酒桑麻，虽是粗茶淡饭，却乐在其中。

《玉篇》中曰:"庭者,堂阶前也。""院者,周坦也。"
乡村农舍修筑小院,一般无多讲究,为求简易,破几根野竹,或
砍几株树木,就围成了院子。陶渊明曾归隐南山,采菊东篱,于
山野田园修筑小院,散淡度日。有诗吟:"方宅十余亩,草屋
八九间。榆柳荫后檐,桃李罗堂前。"

大户人家的院子,则要测量方位,安排布局。侯门大院的园
林,更要请神祭拜,寻签问卦。《周易·系辞下》曰:"古者包
牺氏之王天下也,仰则观象于天,俯则观法于地,观鸟兽之文与
地之宜,近取诸身,远取诸物,于是始作八卦,以通神明之德,
以类万物之情。"

"庭院深深深几许?杨柳堆烟,帘幕无重数。玉勒雕鞍游冶
处,楼高不见章台路。雨横风狂三月暮,门掩黄昏,无计留春
住。泪眼问花花不语,乱红飞过秋千去。"欧阳修的这首《蝶恋
花》,历来深受世人喜爱。从此无数人开始寻梦,梦那杏花烟雨
的江南,梦那庭院深深的月光。

《红楼梦》里因元春省亲,特建了富丽堂皇的大观园。整座
大观园高台林立,有亭阁围廊、湖泊假山、曲水流觞、奇卉珍
禽,可谓包罗万象,韶华盛极。大观园又分为潇湘馆、怡红院、

蘅芜苑、栊翠庵、秋爽斋、稻香村、藕香榭等宅院。

每座小院因为主人之喜好，有着不同的山水林木装饰。林黛玉的潇湘馆最为清幽，几竿修竹，衬了她孤僻心境。妙玉栊翠庵的几树寒梅，亦如她的清洁傲骨。刘姥姥曾有幸畅游大观园，品茗栊翠庵，醉卧怡红院。在她眼中，像大观园这样繁华富丽的庭院，犹如天府仙源，纵是画中也不能得见。为此，贾母特命惜春将这园子画下，惜春曾说几年工夫亦不能画完。

林黛玉有诗一首，名《世外仙源匾额》："名园筑何处，仙境别红尘。借得山川秀，添来景物新。香融金谷酒，花媚玉堂人。何幸邀恩宠，宫车过往频。"这一切可以触及的华贵，都只是黄粱一梦。今宵温柔乡里鸳鸯卧，明日红楼大厦一刻倾。

《牡丹亭》里最为华美绝艳的，当为那出游园惊梦。杜丽娘闺中寂寞，淡妆轻抹，到自家园中踏春赏景。她唱："可知我常一生儿爱好是天然。"不到园林，怎知春色如许。又唱："原来姹紫嫣红开遍，似这般都付与断井颓垣。良辰美景奈何天，赏心乐事谁家院。朝飞暮卷，云霞翠轩；雨丝风片，烟波画船。锦屏人忒看的这韶光贱！"

十二楼台赏遍，终于在梦里遇见了一持柳的俊朗书生。二人一见倾心，于是，他们在牡丹亭畔、芍药花前云雨相欢，温存缱绻。之后杜丽娘相思成灾，一病不起，不久香消玉殒，埋骨于庭园的梅树下。后书生柳梦梅拾得她的画像，掘墓开棺，令之起死回生。汤显祖在文章开篇写道："情不知所起，一往而深。生者可以死，死可以生。生而不可与死，死而不可复生者，皆非情之至也。"

古时候，多少闺阁女子被锁在深深庭院，空对春光无限，辜负了似水流年。但小庭深院，亦结下过锦绣佳缘。《墙头马上》的李千金与丫鬟在后花园赏花，恰遇园外打马而过的裴少俊，后以身相许，与之私奔，藏隐在一处后花园内，为他生儿育女。虽一波三折，几经辗转，但最终破镜重圆，月下花前，朝暮成双。

苏轼的《蝶恋花》写过佳人于园中嬉戏玩乐的情景："墙里秋千墙外道。墙外行人，墙里佳人笑。笑渐不闻声渐悄，多情却被无情恼。"这位多情的才子，亦只是平凡过客，仅一墙之隔，终无缘得见园内佳人的清颜。天涯芳草虽多，与君结缘的，却不知是哪一朵。

"萧条庭院，又斜风细雨，重门须闭。"才女李清照曾在园中感怀，重门深闭，怕那风雨相欺。南唐后主的庭院，亦是秋风横扫，寂寥断肠。"往事只堪哀，对景难排。秋风庭院藓侵阶。一任珠帘闲不卷，终日谁来？"故国的雕栏玉砌犹在，然山河破碎，再也梦不到燕啼莺啭，梅红柳绿。

"曲径通幽处，禅房花木深。"这是禅寺的庭院，曲径通幽之处，藏着飘逸绝尘的花木，令人忘却烦忧，纯净空灵。但白居易说过，真正的隐者，未必要在山林。深深庭院，亦可寄寓闲情雅趣，陶然忘情。有诗吟："霭霭四月初，新树叶成阴。动摇风景丽，盖覆庭院深……偶得幽闲境，遂忘尘俗心。始知真隐者，不必在山林。"

"花径不曾缘客扫，蓬门今始为君开。"那是一段与山水鸥鸟相伴的日子，怀着与世隔绝的心境，独守浣花草堂。那日，诗人杜甫打扫花径，不曾为客开启的柴门，只为君开。谁曾有幸，做那草堂邻翁，手持竹杖，越过篱院，与他共饮几盏陈酿。

如若可以，我应该在今生有限的时光里，修筑一座小小庭院。栽柳种梅，植莲养鱼，于轩窗下读经卷，偶迎佳客，坐饮中宵。不去管，那院外匆匆流走的韶光，还剩余多少。

老巷

　　落日斜阳，暮色向晚，窗外的植物在微风中温柔低眉，来往穿梭的雁儿消失在淡蓝如洗的天际。薄雾下的古城，像满腹心事的女子，忧伤而美丽。寥寥行人，穿过古老的街巷，寻找着尘世里那一寸安放心灵之所。渐渐地，那些远去的人事，就这么被遗忘，不再提起。

　　都说，红尘是客栈，我们每日相逢与离散，只是为了一个归宿。倘若无法安宁地居住在某个古老庭院，不能与时光寂静相守，莫如乘一叶兰舟，独自漂泊于水上，做一个无牵无碍的闲散之人。恍然明白，原来洒脱比安稳更需要勇气。

"斜阳草树，寻常巷陌，人道寄奴曾住。"古旧的巷陌，立如往时，光阴迁徙，唯有岁月努力相撑。没有谁知道，这幽深巷陌里，曾经住了谁，如今又是谁住着。有些人，早已转身离去，天涯无踪。有些人，还在原地痴情守候，不知为了谁地老天荒。

我对小巷的情结，缘于幼年的记忆。小巷是江南寻常的风景，凡是有房舍的地方，皆有小巷。刘禹锡有诗吟："朱雀桥边野草花，乌衣巷口夕阳斜。旧时王谢堂前燕，飞入寻常百姓家。"这里写的是金陵的乌衣巷，六朝古都的平常小巷，亦带着历史的繁华与沧桑。仿佛那里的一景一物，一砖一瓦，都蕴含深沉的文化，安享人世的荣华。

乡村的建筑，不够富丽奢华。但村庄的屋舍，保留明清遗风，多为高墙深院。纵是简朴人家，亦有雕檐画栋，分作东厢西厢。门口的石刻，堂前的木雕，为民间工匠所修筑，技艺精湛，风格淳朴。远处看去，青瓦黛墙的房舍，道路分明，被青山绿水环绕，于淡淡的云雾中，美到无言。

那些寂寥幽深的长巷，落在青瓦黛墙间，岁岁年年，一种姿态，一个神情，看着来来往往，或熟悉或陌生的过客。也曾有过青春容颜，经过时光的消磨，如今已是风烛残年的老者，模糊了过往爱恨，忘记了昨天悲喜。

　　小巷多为青石板路，历经风雨洗刷，被行色匆匆的路人踩踏，打磨得光滑而明亮。小巷两旁的墙壁，为青砖所砌，年深日久，长满了青苔。梅雨时节尤为潮湿，青砖的缝隙间，长出一些嫩草，以及一些不知名小花。雨水顺着檐角滑落，打在青石板上，不知道潮湿了多少路人的心情。

　　夜晚的山村，寂静清凉。小巷深处，只有一轮明月相伴，偶有夜归的行人，留下飘忽的身影，消失在苍茫夜色中。白日里，有披蓑衣戴斗笠的农人，有浣纱归来的村妇，有放学回家的孩童，亦有走街串巷的江湖艺人。这是他们人生旋程的必经之路，穿过小巷，找寻着各自的烟火。

　　那一年，我背着行囊，离开了故乡的老宅，离开了熟悉的巷陌。却不知，一别成了永远。后来，我走过无数个城镇，路过无数条巷子，也曾在怀旧与追忆中迷离，竟再不能有当时滋味。光阴弹指，年华仓促交替，有些片段，停留就是一生。

　　戴望舒的《雨巷》中，曾经有一个结着愁怨的丁香姑娘。"撑着油纸伞，独自 / 彷徨在悠长，悠长 / 又寂寥的雨巷 / 我希望逢着／一个丁香一样地／结着愁怨的姑娘／她是有／丁香一样的颜色／丁香一样的芬芳／丁香一样的忧愁／在雨中哀怨／哀怨又彷徨／她彷徨在这寂寥的雨巷／撑着油纸伞……"

在美丽的烟雨江南，有一条悠长寂寥的雨巷，假如有缘，定然可以逢着一个丁香一样忧愁的姑娘。她撑着一把红油纸伞，衣袂飘飘，散着丁香一样的芬芳。她的存在像是一个梦境，多少年前，她在雨巷里踱步；多少年后，她依然在雨巷往返。从来没有人可以真正看清她的容颜，每一次擦肩，留下的只是一个叹息的目光，一个美丽哀伤的背影。

江南小巷，因了这个丁香姑娘，成了观赏追寻的风景。每个人来到雨巷，都期待与她相逢，纵然只是一个恍惚的梦，亦愿意为之沉醉不醒。其实这一切，都只是诗人笔下一个朦胧的幻象。那个神秘的丁香姑娘，却住进了世人的心中，不敢相忘。没有谁可以期待拥有一份地久天长。走出雨巷，世事一如既往。

"君到姑苏见，人家尽枕河。古宫闲地少，水港小桥多。"江南的烟雨长巷，尽管也历尽沧桑，却总像一个清丽的女子，风雅多情，精致婉约。小巷里，飘荡着吴侬软语，带着一种与生俱来的温柔和繁华。它可以从脚步声里，分辨出谁是异乡之客，谁是梦里归人。

"世味年来薄似纱，谁令骑马客京华。小楼一夜听春雨，深巷明朝卖杏花。"这是京城临安的深巷，传来阵阵卖花声。那曼妙多情的水国女子，在烟雨中飘忽来去，让与之邂逅的人，念念不忘，再难释怀。期待有一日可以和她，同坐绿纱窗下，剪烛夜话，闲听落花。

"绿杨阴里穿小巷，闹花深处藏高楼。"我注定做不了那淡紫素洁的丁香，无法遇着一段像丁香一样美丽的情缘。却愿做那株青柳，倚在青石巷陌，看来往人流的疏淡生活；愿做过客脚下郁郁青苔，独守斜风细雨，雾霭烟深。

多少闲逸时光，恬淡故事，从一条巷子开始。任浮世繁弦急管，小巷可以过滤所有的风尘，每个路人行经此处，皆要放下匆匆步履，怕自己的闯入惊扰了巷子的宁静。

子曰："贤哉，回也！一箪食，一瓢饮，在陋巷，人不堪其忧，回也不改其乐。贤哉，回也！"做个像颜回一样的人，安贫乐道，淡然处世。高士情怀，莫过于一箪食，一瓢饮，闲居古巷陋室，行看流水，坐看飞云。

　　小巷闭门，有稀疏路人走过，转身去了远方。烟雨拂过经年的记忆，原以为今生再也回不去旧宅深院，其实它一直都在，从未离开。我的心里，有一条悠长寂寥的小巷，巷子里的风物，巷子里的故人，永远只是从前的模样。久远的故事，就这样从小巷里，缓缓地流淌出来，散于风中，无处可寻。

石
桥

近来，总是滋生一个念头，一个人，一叶舟，千里横波，寄身江海。就这样云影渺渺、雾霭沉沉地向天际飘去，融于山水间，无牵无挂，无生无死。然真正的洒脱通透，是居苍茫人海，亦可淡定心弦，云淡风轻。倘若放不下心灵的包袱，纵是隐居山林，放舟云水，亦跳不出红尘万丈。

《庄子·逍遥游》曰："藐姑射之山，有神人居焉，肌肤若冰雪，绰约若处子；不食五谷，吸风饮露；乘云气，御飞龙，而游乎四海之外。其神凝，使物不疵疠而年谷熟。"姑射仙子不过是传说中的人物，尘世间又何来如此天资灵气的女子，当真可以不食五谷，餐风饮露？万物生灵，皆背负使命，纵是山石草木，飞鸟虫蚁，亦不可随心所欲，自在无心。

生而为人，莫不被名利所缚，为情爱所缠。佛陀尚有不能逾越的藩篱，不可放下的执念，无法言说的苦楚，何况凡夫俗子？《石桥禅》有一出这样的故事。一日，阿难对佛祖说："我爱上了一个女子。"佛祖问他："有多爱？"阿难说："我愿化身石桥，受五百年风吹，五百年日晒，五百年雨打，但求此女子从桥上走过。"

是怎样的爱，让阿难愿舍身弃道，甘受情劫之苦。他可知，这尘世上不是所有付出的真心，都可以得到同等的回报。也许他所爱的女子，正在为别的男子受着情劫。爱情从来没有对与错，爱与不爱，都不需要理由。命运之河，让多少前尘种种付诸东流。唯有那千古石桥，依旧横亘于山水两岸，不知在为谁等候天荒。

石桥杨柳，烟波画船。这样的景致，古往今来，于江河湖岸，不胜枚举。有桥的地方，定然有水，有水之处，则见行舟。江南多水，每个古城小镇，乡村山野，都设有许多座桥。无论是闻名于世的廊桥，还是单薄瘦弱的独木桥，它们只有一种姿态，送往迎来，安于现状。

古人建桥，是为了出行方便。流水两岸，若无小桥相渡，只能借舟行驶。桥一直在付出，不求回报。横于翠水碧波之上，被风烟冲洗，世人踩踏，岁岁年年，无怨无悔。路人跨桥而过，只为抵达心之向往的人生渡口。诗客在桥上吟风赏月，寄景抒怀。钓翁于桥上闲坐，垂钓一江烟水，两岸清风。还有痴情者，在桥上往返徜徉，为了守候一段未知的姻缘。

小时候见过最多的桥，则是几根独木，或青石所砌的小桥。流水小桥，炊烟人家，西风古道，元曲家马致远曾用他的笔，描绘过一道乡村朴素之景。"驿外断桥边，寂寞开无主。已是黄昏独自愁，更著风和雨。"陆游的词原本书写梅花，然那驿外断桥，也是山野间令人顾盼回眸的风景。

试想绿水青山间，一座小桥独立，杨柳树下，系一叶小舟。偶有白鹭惊飞，几茎莲荷摇曳，惹得风韵无限。"隐隐飞桥隔野烟，石矶西畔问渔船。桃花尽日随流水，洞在清溪何处边。"诗人张旭将我们带去那个美丽的桃花溪，小桥云烟，桃花流水，这幽僻处恍如梦境。倘若可以，我愿停留在那温柔静谧的时光里，再无惧人世消磨。

江南名胜古迹的桥，比起乡野的桥，多了太多的诗情和故事。天下闻名的莫过于西湖的断桥、姑苏的枫桥，还有扬州的二十四桥。明画家李流芳《断桥春望图题词》称："往时至湖上，从断桥一望，便魂销欲死。还谓所知，湖之潋滟熹微，大约如晨光之着树，明月之入庐。盖山水映发，他处即有澄波巨浸，不及也。"

千百年来，断桥未断，却一如既往可以赏阅西湖至美风光。犹记白娘子，在西湖断桥与许仙一见倾心。几经离散后，又在断桥重逢。她唱道："西湖山水还依旧……看到断桥桥未断，我寸肠断，一片深情付东流！"原以为今世情缘如水，不料历尽千劫百难，终修得圆满。

"月落乌啼霜满天，江枫渔火对愁眠。姑苏城外寒山寺，夜半钟声到客船。"唐人张继的《枫桥夜泊》，让姑苏城外的枫桥以及寒山寺，成了世人纷纷寻觅的风景。隋唐以来，古运河孕育出繁荣的枫桥古镇，从此桨橹不断，涛声阵阵。枫桥下，不知停泊过多少来往的客船，他们为了心中的江南情结，甘愿飘零江海。

寒山寺夜半的钟声，给多少怅惘的客人指引迷津。世间一切恩怨，于佛祖，不过是拈花一笑。那些相聚于枫桥的旅人，和佛只有一墙之隔。有缘之人，懂得迷途知归，天地皆宽。无缘之人，听罢江涛，依旧于浮世漂萍转蓬。

"二十四桥明月夜，玉人何处教吹箫。"杜牧的诗句，给扬州的二十四桥留下了浪漫的诗情。许多个月明之夜，立于桥上，似闻隐约箫声，却终觅不见玉人倩影。后来，还有一位叫姜夔的词人，写下了美丽婉转的词句："二十四桥仍在，波心荡，冷月无声。念桥边红药，年年知为谁生。"

我年少时候，曾深深喜爱过卞之琳的那首《断章》。"你站在桥上看风景，看风景的人在楼上看你。明月装饰了你的窗子，你装饰了别人的梦。"简短的几个字，却隽永精致。桥上、风景、明月、窗子、梦，这看似简洁的事物，组合在一起，竟生出无限美感。

桥上的人，也许是远行归来的游子。趁着明月如水的霜天，他伫立桥上，看烟波垂柳，流水画船。恍然觉得，过往的得失，都不重要。唯有人间山水，才可以真正给予宁静和永恒。他不知道，此刻的他，已经落入了别人的风景。楼台之上，正有一位佳人，给这游子惊鸿一瞥。

他们在相同的时间里，错过了彼此。桥上的人，把深情，托付给了风景。而楼上的人，将情意，给了桥上的人。幸有明月装饰着她的窗子，尽管她装饰了别人的梦。其实每个人在许多无意的瞬间，都陪衬过别人的风景。这世间有许多情感，换不来一次回首，因为你曾注视的那个人，根本不知道你的存在。纵然真的有缘产生交集，又未必是你想要的那剪明月光。

还有一座桥，叫鹊桥。牛郎和织女被银河隔开，王母允许他们每年农历七月七日相见。而这一日，会有成千上万的喜鹊用身体为他们搭建成桥，牛郎和织女便得以在鹊桥上相会，诉说情话。

秦观曾写过一首词，词牌为《鹊桥仙》。"纤云弄巧，飞星传恨，银汉迢迢暗度。金风玉露一相逢，便胜却、人间无数。柔情似水，佳期如梦，忍顾鹊桥归路。两情若是久长时，又岂在、朝朝暮暮。"只是多少人经得起久长的等待，若非有太多无奈的阻隔，谁不期待朝暮相处，执手相依。

有人在石桥看风景，有人在廊桥筑梦，有人在桥上重逢，有人于桥上远别。其实我们都只是廊桥的过客，借它渡江而去，邂逅彼岸未知的风景。远方，也许是明月净水，也许是更深的烟火。但我相信，每一次徙转，都是重生。

　　你看，那烟雨迷蒙的水湄，有小桥一座。撑着舟子的人，独自往湖心驶去，继而消失在缥缈水云间。放他去吧，不要询问归程，这世上再没有比天地更好的归宿。那曾经分离的桥，失散的人，有一天，还会相遇。

长 亭

"长亭外，古道边，芳草碧连天。晚风拂柳笛声残，夕阳山外山。天之涯，地之角，知交半零落。一瓢浊酒尽余欢，今宵别梦寒。长亭外，古道边，芳草碧连天。问君此去几时来，来时莫徘徊。天之涯，地之角，知交半零落。人生难得是欢聚，唯有别离多。"

这是幼年喜爱的一首歌，在时光的瀚海里，唱了千百回。每一次，都会浮现出一幅画面。长亭古道，杨柳依依，悠扬婉转的笛声，在逶迤的山水间回荡，一如诗歌的起承转合，似淡淡离愁，于心中缠绕不去。纵然你是一个豁达潇洒之人，亦难免被这离别感染，而心生寥落惆怅。

后来，我在林海音的《城南旧事》里听到了这首歌，童年记忆，被徐徐晚风吹醒。再后来，知道这是弘一法师李叔同的《送别》。而我竟然喜爱上这般惨淡的景象，西风古道，长亭落日，岸边的瘦柳，被离人折尽。他们在古道边交杯换盏，诉说离情，未知的将来，深沉难测。就那样一个转身，一次回眸，策马扬尘，消失在若隐若现的茫茫山径。

那零落天涯的人，说好了归期，有多少可以如约兑现。诺言如风，不过是兴起时一段情深的对话，最后都会被时光湮没，无处寻觅。人生聚散不定，今朝执手相看，明日也许就泛舟江水，行车古道。有些离散，或许相逢可待；有些告别，竟成永诀。每个人都是彼此的匆匆过客，有些短如春花，久长些的，也不过是多了几程山水。最后的结局，终只是南北东西。

千古送别，从长亭起。长亭建于秦汉，乡村驿站每十里设一长亭，五里一短亭，专给驿传信使提供馆舍、供养。汉高祖刘邦曾为沛县泗水亭长，后响应陈胜、吴广起义，称沛公。进驻霸上，秦王子婴投降，秦朝灭亡。楚汉战争，刘邦击败西楚霸王项羽后，统一天下，建立汉朝。

长亭渐渐成为古人郊游休憩之地，更成为相送别离之所。

"客情今古道，秋梦短长亭。"那植满了杨柳的依依古道，因离情别绪，更加曲折迂回。聚散因缘起，离合总关情。看似给人歇脚的长亭，在芳草连天的幽深古道，不知惊扰了多少客梦离愁。王勃有诗吟："与君离别意，同是宦游人。海内存知己，天涯若比邻。"倘若真可如此洒脱，就没有秋水望穿、高楼望断的悲苦与无奈了。

我所居住的乡村，亦设有长亭、短亭。亭子极为简陋古朴，用树木搭建而成，有些盖着黛瓦，有些则用茅草遮顶。乡间的长亭，没有文人诗客折柳送别的风雅，亦没有对酒赋诗的别意。长亭只为了给打柴的樵夫，过路的行人，一个遮风挡雨之所。亦有慈母，于长亭送别天涯游子，不折垂柳，却被泪水打湿衣襟。

长亭折柳，似乎已成为一种送别的时尚。《西厢记》里有一出长亭送别。张生进京，十里长亭，摆下宴席。"碧云天，黄花地，西风紧，北雁南飞。晓来谁染霜林醉？总是离人泪。""遥望见十里长亭，减了玉肌：此恨谁知？"轻描淡写的几笔，竟比一幅水墨画更为生动。那个离别的秋天，从此被写进戏文里，落在每个离人的心间。

李白有一首《菩萨蛮》写道："玉阶空伫立，宿鸟归飞急。

何处是归程，长亭更短亭。"其实长亭短亭，不过是人生的旅途中，一个暂将身寄的驿站。关山万里，不知要路过多少长亭，方能寻到最终的归宿。每次停留，都会邂逅不同的风景，留下不同的故事。那些来往的过客，多如繁星，但总有那么一个，是你刻骨铭心、此生不忘的人。

"寒蝉凄切，对长亭晚，骤雨初歇。"柳永的长亭送别，在冷落清秋时节，更叫人伤心断肠。饯别的酒宴，让人畅饮无绪，正依依难舍之时，那水畔已是兰舟催发。此去经年，千里烟波，纵遇了良辰美景，亦如同虚设。纵算有千种风情，又该同谁人去诉说？

"正岸柳、衰不堪攀，忍持赠故人，送秋行色。岁晚来时，暗香乱、石桥南北。又长亭暮雪，点点泪痕，总成相忆。"吴文英的词句，总有遣散不去的离愁别意。他一生未第，游幕终身，于苏、杭、越之地居留最多。游踪所至，皆有题咏，只因天涯羁旅，他的词多是垂柳行舟、长亭晚照、客梦窗前、芭蕉夜雨。"何处合成愁，离人心上秋"，则是他对萧瑟秋日愁绪满怀的悲情写照。

"绿杨芳草长亭路，年少抛人容易去。"杨柳芳草，长亭古道，都是送离的场景。少年壮志，总难免抛人而远去他乡，却留下无尽的相思，给闺中绣妇。此番离去，不知归期，他日相逢之时，或许已然红颜老去。多情莫若无情，偏生将一寸芳心，化作千丝万缕的相思，寒来暑往，春去秋来，没有尽头。

"长亭送客兼迎雨，费尽春条赠别离。"诗为欧阳修长亭送客，折柳赠别。"壮岁惊心频客路，故乡回首几长亭。"此为吴承恩人生客路，回首长亭。"那似宦游时，折尽长亭柳。"长亭古道的垂柳，就这样被诗人词客折尽。他们将所有的情意，寄寓在一枝柳条上，愿远行的人，将它带去天涯。万语千言的表达，抵不过一枝细柳的风姿。

后来许多深宅大院、园林府邸，都修建了亭台池榭。那些石亭、木亭、竹亭，则是主人纳凉摆宴之地。他们时常约上三五好友，或与妻妾歌伎，饮酒赏月，抚琴品茗。汤显祖"临川四梦"里的《牡丹亭》，名称来源是故事主角杜丽娘庭院中的一处凉亭。她游园赏春之时，遇着了那位执柳的书生，与他在牡丹亭畔、芍药花前结下今世情缘。

"游人不管春将老，来往亭前踏落花。"落红满地，已是暮春，红日西斜时，那来往的行人，依旧在亭前徘徊，不舍归去。

"常记溪亭日暮,沉醉不知归路。"而著名女词人李清照,则时常回忆起在日暮的溪水亭边,薄醉不记得回家的路。她总要玩至尽兴,方肯在夜幕下,划舟归去,与风同行。

"长亭外,古道边,芳草碧连天……"不知是谁,在这黄昏日落时,唱起了送别的歌曲。岂不知,那场离亭别宴,早已在如水的时光中悄然散去。当年难舍难分的故人,也归于天地,不见踪影。站在人生悠悠古道,多少长亭被淹没在历史的风尘中,唯留几树依依杨柳,与千古逝去的繁华,淡淡挥别。

有一种风雅，趁年华

第六卷◎一树菩提一烟霞

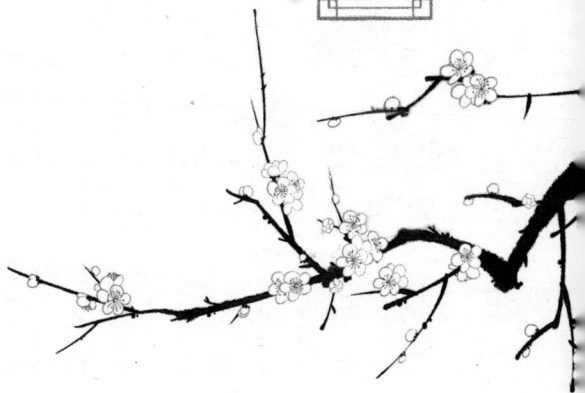

山
水

　　晚风惊绿，细雨敲窗。夜色中的太湖一片烟水迷离，鸿雁归巢，渔舟倚岸。不知道还有多少人，为了远方的风景，在风雨中转蓬。人生一世，若白驹过隙，转瞬而已。与其整日感叹光阴易逝，聚散无常，不如将自己放逐山水，与大自然共话情长。

　　夜读庄子，短短几字，如秋水长天，让心释然。"天地有大美而不言，四时有明法而不议，万物有成理而不说。圣人者，原天地之美而达万物之理。"这浩瀚红尘，不能安放一颗洁净的心，唯有广阔天地，方可收留一片深情。正是天地辽阔，庄周才能幻化为蝶，穿越千山万水，逍遥于茫茫世间。

爱山水者，必有旷达明净、悲悯良善的胸怀。否则，如何能够容纳天地万物的起落浮沉，人间四季的盛衰荣枯？与山水相知的人，多为隐者高士，他们不愿为名利所缚，选择遁迹人海，退居田园。有些是为世所不容，心意阑珊，愿纵身云海烟波，找寻归宿。有些则天性爱好天然，不肯逐流随波，甘愿隐姓埋名，和山水为邻。

《墨子·明鬼下》曰："古之今之为鬼，非他也，有天鬼，亦有山水鬼神者，亦有人死而为鬼者。"天地山水，皆有魂魄，赋予性灵。草木山石，是永恒的精魂，它们的美，需依靠细腻的情怀去感知。人的烦恼和哀愁，与巍巍青山、滔滔江水相比，竟是渺若尘埃，微不足道。

翻阅两三千年前的《诗经》，只觉青山绿水，尽入诗中。《蒹葭》有吟："蒹葭苍苍，白露为霜。所谓伊人，在水一方。溯洄从之，道阻且长。溯游从之，宛在水中央。"那位清丽的秋水伊人，到底要转过几重弯曲的山路，涉过几道流水，才能觅其踪影，观其容颜。古人借山水草木寄托情感，将相思幻化于无形。虽缥缈恍惚，却空灵曼妙，耐人寻味。

魏晋时竹林七贤，不肯与司马氏合作，为之所不容。故聚集于当时的山阳县竹林之下，饮宴游乐，把酒清谈。那是一段放达快乐的时光，他们在萧萧竹风、泠泠琴音下散淡度岁。日闻鸟啼，夜听松涛，驱车出游，醉饮千盏。尽管最后竹林七贤被瓦解，但那段肆意酣畅的日子，令后世神往。

再有谢灵运，为山水诗派的第一人。他性放达，好天然，在朝不得志，后回归会稽东土隐居，寄情于山水。《宋书·谢灵运传》载："出为永嘉太守。郡有名山水，灵运素所爱好。出守既不得志，遂肆意游遨，遍历诸县，动逾旬朔。"

"柏梁冠南山，桂宫耀北泉。晨风拂幨幌，朝日照闺轩。美人卧屏席，怀兰秀瑶璠。皎洁秋松气，淑德春景暄。"谢灵运的山水诗，清新自然，恬淡有味，一改魏晋晦涩的玄言诗风。自然山水让他消去尘劳，忘记政治烦忧。他的诗文、书法、画作，被山水草木浸润得那般疏朗、质朴、纯净、超然。

陶渊明，则为中国第一位田园诗人，被称作千古隐逸之宗。他也曾怀着大济苍生之愿，入了仕途。但终不肯为五斗米折腰，方醒悟过去种种，是误落尘网。他辞去彭泽县令，归隐南山，过着躬耕自资的生活。作《归去来兮辞》，以示他不肯流俗的决心。

"少无适俗韵，性本爱丘山。误落尘网中，一去三十年。羁鸟恋旧林，池鱼思故渊。"他本爱丘山，闲隐田园的生活，让他的心灵找到了归属。陶潜的诗作，自然而宁静，有一种绚丽之后的平淡，看似寻常，却韵味无穷。

"结庐在人境，而无车马喧。问君何能尔？心远地自偏。采菊东篱下，悠然见南山。"在那远离浮世，没有车马喧嚣之境，陶渊明结庐而居。东篱下，只见他身影飘逸，采一束菊花，悠然忘我。淡淡菊香，在日暮清风下，醉人心魄。这就是世人梦寐以求的桃源生活，又有多少人可以如他这般放下繁华，返归自然，安贫乐道。

后有山水田园诗人王维和孟浩然，一生穷极山水，过着半隐半仕的生活。王维诗风清淡，流动空灵。孟浩然格调质朴，自然清远。苏轼曾说："味摩诘之诗，诗中有画；观摩诘之画，画中有诗。"王维将诗融于画境，借山水传达世情。诗画的灵魂交集一起，意趣悠远，神韵脱俗。

"中岁颇好道，晚家南山陲。兴来每独往，胜事空自知。行到水穷处，坐看云起时。偶然值林叟，谈笑无还期。"王维信佛，诗中不说禅语，已含禅意。人生幻灭无常，唯有山水寂静空灵，不言悲喜，淡看荣枯。

"落景余清辉，轻桡弄溪渚。澄明爱水物，临泛何容与。白
首垂钓翁，新妆浣纱女。相看似相识，脉脉不得语。"孟浩然的
诗不事雕饰，含自然清趣。虽不及王维诗中浪漫空灵的画卷，淡
远清空却不减陶潜，不输摩诘。

而一生仗剑飘荡的李白，亦是遍游天下名山胜水，写下许多
赞美山河的壮丽诗篇。他才情超绝，气宇轩昂，笔下的山水丘壑
洒脱大气，灵动飞扬。"阳春召我以烟景，大块假我以文章。"
他大笔横扫，泼墨如风，巍然青山、浩荡江河瞬间有了流动的风
采。"君不见黄河之水天上来，奔流到海不复回。"他用胸中豪
气，赋予山水自然崇高的美感。

还有一位旷达豪迈的词人，崇尚自然，将天地万物付诸笔
端。其文汪洋恣肆，若行云流水。一首描写西湖的诗作《饮湖上
初晴后雨》，古今已无人超越。"水光潋滟晴方好，山色空蒙雨
亦奇。欲把西湖比西子，浓妆淡抹总相宜。"

古往今来，多少游人诗客，沉醉于西湖的山魂水魄。明人汪

珂玉《西子湖拾翠余谈》曾有一段评说西湖的妙句："西湖之胜，晴湖不如雨湖，雨湖不如月湖，月湖不如雪湖……能真正领山水之绝者，尘世有几人哉！"西湖的山水，成了世人梦里追忆的江南。那几座山峦，一湖净水，收藏了太多动人的故事、美丽的诺言。

"生于西泠，死于西泠，埋骨于西泠，庶不负我苏小小山水之癖。"一代才女苏小小长眠于此，西湖的山水抚慰她一生的情怀与依恋。而隐居孤山的林和靖，亦是一生与山水做知己，娶梅为妻，认鹤作子。

聚集于扬州瘦西湖的扬州八怪，也是借着那一湖瘦水、半片青山，滋养性灵，绘画吟诗，极尽风骨。春秋时期的范蠡，功成身退后，携西施隐居山野，泛舟五湖。唐人杜牧，亦远上寒山，于白云生处寻访人家，停车于枫林，醉倒在红叶堆里。

"千山鸟飞绝，万径人踪灭。孤舟蓑笠翁，独钓寒江雪。"如今再读柳宗元的这首《江雪》，似有一种过尽千山暮雪，将风景看透的释然与沉静。我们都只是散落在天地间的微尘，想要停留于某阕山水，却无法止步。

　　且当作修行，来世再沿着山水的足迹，找到今生的自己。也许此生所遇之人，所经之事，都烟消云散，不复存在。但那山，那水，依旧相看不厌，情深意长。

花
鸟

　　下了一夜的雨，晨起时窗台的花木明净如洗，仿若重生。有几只五彩的鸟儿栖在院墙上，停留片刻，又不知落入谁的屋檐下。微风中，茉莉的芬芳沁人心骨。只见旧年心爱的两盆茉莉，已悄然绽放。翠绿的叶，洁白的朵，花瓣含露，风情万种，爱不释手。

　　茉莉的幽香，与蜡梅有几分相似，却少了一丝冷傲，多了几许柔情。她含蓄、淡雅、宁静，不和百花争放，只与莲荷共舞。摘几朵，泡在杯盏中，清雅宜人，不饮即醉。采一朵洁白，别在发髻，秀丽姿容更添几许优雅。

乡村曾有一种风俗，凡是白色的花，皆不宜佩戴衣襟或簪于发髻。唯独茉莉，零星地缀于发箍间，穿在手腕上，随意佩戴于身，有一种疏落、清淡的美丽。还记得那年在老上海的里弄，从一个干净的老太太那里买了几串茉莉，那芬芳弥漫了整条街巷，直至蔓延到整座上海滩。

雨后清凉，这时候宜居雅室，赏花品茗，听鸟观鱼。我之居所，案几上瓶花不绝，茶韵悠悠。想起往日读《浮生六记》之《闲情记趣》篇，作者沈三白亦是如此爱花心肠。"夏月荷花初开时，晚含而晓放。芸用小纱囊撮茶叶少许，置花心，明早取出，烹天泉水泡之，香韵尤绝。"

而我，蓄了半月初荷瓣上的清露，好容易得了一小青花坛子。怕煎老了茶水，取晒干的松针点火。想好好地珍爱自己，用素日里舍不得用的那把宋时小壶，煮上古树陈年普洱。一盏香茗，几卷竹风，就这么静下来。忘了阴晴冷暖的世事，忘了渐行渐远的光阴。

世间对花木、虫鸟钟情之人，又何曾只是我。屈原爱兰，爱其幽香韵致，几瓣素心。陶潜爱菊，为其隐居东篱，耕耘山地，种植庭院。周敦颐爱莲，爱她亭亭姿态，飘逸气质，每至盛夏，漫步池畔赏之。林逋爱梅，为其独隐孤山，种下万树梅花，与鹤相伴，临泉终老。

到后来，便生出此番说法。先秦之人爱香草，晋人爱菊，唐人爱牡丹，宋人则爱梅。花草与一个王朝的命运相关，亦和一个时代的风气相关，更与一个人的性情相关。花本无贵贱雅俗之分，世人的情怀与心境，给它们赋予了不同的气度和风骨。有人爱那长于盛世、艳冠群芳的牡丹，亦有人爱那落于墙角、孤芳自赏的野花。

清代张潮《幽梦影》亦曾写道："天下有一人知己，可以不恨。不独人也，物亦有之。如菊以渊明为知己，梅以和靖为知己，竹以子猷为知己，莲以濂溪为知己，桃以避秦人为知己，杏以董奉为知己，石以米颠为知己，荔枝以太真为知己，茶以卢仝、陆羽为知己，香草以灵均为知己……一与之订，千秋不移。"

古人云：花在树则生，离枝则死；鸟在林则乐，离群则悲。大凡爱花木之人，皆与珍禽鸟兽为友。陶潜有诗吟："孟夏草木长，绕屋树扶疏。众鸟欣有托，吾亦爱吾庐。"为群鸟有所归宿，他特意种树成林。陶潜之居处，远离车马喧嚣，每日花影不离，鸟声不断。闲时，或于院内栽花喂鸟，或去山林寻访慧远大师，与他讲经说禅。

白居易一生风流倜傥，爱诗文美酒，爱歌伎佳人，亦爱花木鸟兽。他写过许多爱鸟诗，有一首至为深情："谁道群生性命微，一般骨肉一般皮。劝君莫打枝头鸟，子在巢中望母归。"他对鸟如此慈悲，对人更是长情。

他年老多病之时，怕负累佳人，决意卖马放伎。往日最爱饮酒聚宴的他，此刻客散筵空，独掩重门。"两枝杨柳小楼中，袅袅多年伴醉翁。明日放归归去后，世间应不要春风。"最后善歌的樊素和善舞的小蛮，还是离他而去。至此，白乐天自称醉吟先生，漫游于山丘、泉林、古刹，与花鸟双双终老。

山水诗人王维，爱诗亦爱画。他画山水林泉，咏花鸟绝句。"春去花还在，人来鸟不惊。""月出惊山鸟，时鸣春涧中。"王维的诗，总是多一分空灵，几许清新。林黛玉偏爱王维的诗，让香菱读一卷《王摩诘全集》，再读一二百杜甫和李白，便有了作诗的底蕴。王维的诗如雨后空山，清新自然，含花木性情，蕴虫鸟灵思，其意境远胜于那些济世匡时的诗作。

　　赏花听鸟，为闲情，亦作雅趣。一个人陷入红尘太深，走失迷途，有时只要一株草木，一只青鸟，便足以浸洗灵魂，超然于世。唐诗中，我甚爱两首与鸟相关的绝句。"众鸟高飞尽，孤云独去闲。相看两不厌，只有敬亭山。"此为李白的《独坐敬亭山》。"千山鸟飞绝，万径人踪灭。孤舟蓑笠翁，独钓寒江雪。"此为柳宗元的《江雪》。

　　诗中空灵意境，不可言说，那种万物沉寂的孤独，给纷繁内心带来美丽和清宁。真正能够过滤心情、寄怀养性的，则是大自然的草木。一朵晨晓雨中的茉莉，一声窗外竹林的鸟鸣，一炉袅袅烟火，一盏悠悠香茗，可令你从尘网脱颖而出，幡然醒彻。周作人说："得半日之闲，可抵十年的尘梦。"则是在茶水草木中，寻得意趣，消解愁烦。

　　自唐以来，玩鸟已成风尚。而清乾隆年间，则抵达极盛。八旗子弟几时丢了飞扬跋扈的豪情，抛下战马，忘记刀剑，沉湎于富贵温柔中。提笼架鸟、把玩古玉、喝茶听戏，就这样软化了雄心，断送了江山。落日下的紫禁城，已是一座空城，寂寞得只看见时光的影子。可见世间万事万物，不可沉迷太深，只能清淡相持。花鸟本为风雅怡情之物，经不起烟火相摧，否则适得其反。

"青鸟不传云外信，丁香空结雨中愁。"古人认为青鸟可传递音讯，那些独守空闺的思妇佳人，不见青鸟，总觉花落无主，闲情无寄。还有一种鸟，叫杜鹃。相传望帝杜宇死后化身杜鹃鸟，日夜啼叫，催春降福。春末夏初，杜鹃鸟会彻夜不停地啼鸣，哀怨凄凉之音，惹人情思。因杜鹃口舌皆为红色，故有了杜鹃啼血的传说。世人以青鸟、杜鹃传情，诉说衷肠，聊寄相思。

红尘一梦，云飞涛走。如何在浮世风烟中清醒自居，于车水马龙中从容自若，于五味杂陈里纯净似水，一切缘于个人心性与修为。有些爱，不宜浓烈，只宜清淡。

"触目横斜千万朵，赏心只有两三枝。"世间百媚千红，真正赏心悦目的，只有三两枝。乱世之中，也可诗意栖居，怀花木性灵，存鸟兽悲心，于坚定中守住这份柔软。任凭风流云散，亦可平和静美，自在安宁。

戏曲

"金粉未消亡，闻得六朝香，满天涯烟草断人肠。怕催花信紧，风风雨雨，误了春光。"听着昆曲《桃花扇》里的戏文，感受那末世王朝的繁华与荒凉，竟是肝肠寸断，泪流满面。历史的风吹散了六朝的金粉，那座皇城最后的一点霸气，竟被温柔占据，输给了一朵娇弱明艳的桃花。

她叫李香君，生于明末，秦淮女子。那日她在秦楼画舫，低眉浅笑，暗自妖娆。轻唱："侯郎一去无音讯，花径风霜渐凋零。我为他洗脂粉，我为他抛罗裙，不理琴弦歇喉唇，终朝每日深闭门。几时回到江南岸，你我好梦再重温。"到底还是原谅了易逝的光阴，尽管它让一个女子等到枯萎无望，却因了她的痴

有一种风雅
趁年华

绝，而荡气回肠。

本是一把寻常的折扇，染上美人的血，被画作点点桃花，便有了风骨，成了传奇。李自成攻破北京城，明崇祯皇帝来不及赏罢最后一支歌舞，就吊死在一棵树上。侯方域这个软弱男子，为避迫害，将海誓山盟的女子抛在兵荒马乱之地，独自奔逃。美女的血，在时光中慢慢淡去，她深沉的爱，却如桃花，开到难舍难收。

人生是一座大舞台，每个人都是一出折子戏，扮演着生、旦、净、丑不同的角色。在自己的故事里，演绎着别人的离合悲喜。习惯了当一个戏子，时间久了，时常把假作了真，把真当成了假。那花团锦簇的场景，锣鼓喧天的气势，遮掩不住戏子内心的悲戚。因为化上了妆容，唱词里，有太多的身不由己。

在两千年前的诗经时代，已有风雅端庄、华靡绮丽之音。春秋战国到汉代，歌舞之风渐盛。而大唐清平盛世，诗歌音律更为精妙，诸多的教坊梨园兴起，戏剧艺术呈现出它高贵的温柔。

宋元之时，戏曲慢慢舍弃了苍凉的北土，在明媚的南国，滋长空灵缥缈的戏剧之风。宋元南戏、元杂剧，则成了一个时代的经典。"红翠斗为长袖舞，香檀拍过惊鸿鬻。"那是一段终日轻歌曼舞、拍按香檀的岁月。

明清为戏曲繁荣时期，传奇戏曲家和剧本灿若繁星。"但是相思莫相负，牡丹亭上三生路。""可怜一曲长生殿，断送功名到白头。"说的则是那个时代，戏剧的风华摇曳。

昆曲带着与生俱来的风雅，宛若一朵兰草，生长在山温水软的南国，有着民族雅乐和盛世元音的美誉。六百年的历史浮沉，不改其逶迤风采。之后的徽剧、京剧、豫剧、越剧、黄梅戏、评剧，成为历史长廊里，一道道顾盼悠悠的风景。它们从这个场地，转到那个戏台，一代代伶人，将一出出相同的戏，舞出百态千姿，无穷韵味。

渺渺红尘，悠悠千载，从皇族官僚、文人雅客之戏剧风气，蔓延到市井民间，戏曲已成风尚。自古为戏曲痴迷欲醉之人，数不胜数。世间百态被戏曲家写入戏中，再由戏子传神的演技和唱腔，搬至舞台，让无数失意落寞的灵魂，在戏文中寻到温存和感动。他们时常会误以为自己就是戏里的主角，有过美丽的相逢和相离。

　　儿时乡村，每年都有社戏。逢年过节，或庙会，或节令，或祭祀，或婚丧嫁娶，皆会请戏班子来村里演出。每个村庄都设有一个戏台，两扇门上写着出将入相。不算华丽的戏台，甚为暗淡的灯影，却可以营造出美丽的假象。那些民间艺人、戏曲演员，以其精湛的技艺、圆润的唱腔，在空旷的舞台上驭马行舟，演绎一出出生离死别。

　　无花木而见春色，无落红而见寒秋，无丛林而见青山，无波涛而见江河。这就是戏曲的魅力，亦为戏曲演员的魅力，他们在锣鼓声中，优雅从容地舞着水袖，极尽抒情地演绎着悲欢。那种浩荡辽阔的气场，浑然天成的性情，散着油彩的气息，在风中荡漾，熏醉台下的看客。

　　后来走进了戏院，在明亮的灯光下，只觉每一个戏曲演员的姿态，都似照影惊鸿。几出经典的折子戏，令内心波涛汹涌，无法平静。有美人名虞，常幸从；骏马名骓，常骑之。一出《霸王别姬》，看罢心碎断肠。他唱："力拔山兮气盖世，时不利兮骓不逝。骓不逝兮可奈何，虞兮虞兮奈若何！"她唱："汉兵已略地，四方楚歌声。大王意气尽，贱妾何聊生。"

　　西楚霸王英雄末路，美人虞姬自刎殉情。这编排好的命运，刻着不可改写的悲情。虞姬和项羽感天动地的爱恋，成为中国古典爱情最经典，亦最震撼人心的传奇。一场惊天动地的历史风云，与悲壮的爱情相比，竟那般微不足道。倘若没有虞姬的殉情，楚霸王之死，又如何能演绎一段凄美的浪漫？

"想当初，在峨眉，一经孤守。伴青灯，叩古磬，千年苦修。久向往，人世间，繁花锦绣。弃黄冠，携青妹，佩剑云游。按云头，现长堤，烟桃雨柳。清明节，我二人，来到杭州。览不尽西湖景色秀，春情荡漾在心头。"这是秦腔里的《断桥》。马友仙将这出折子戏唱得哀婉缠绵，如泣如诉，台下拭泪的看客，只怕早已忘记那传说中的沧桑与凄凉。

"树上的鸟儿成双对，绿水青山带笑颜。从今不再受那奴役苦，夫妻双双把家还。寒窑虽破能避风雨，夫妻恩爱苦也甜。随手摘下花一朵，我与娘子戴发间。你种田来我织布，我挑水来你浇园，你我好比鸳鸯鸟，比翼双飞在人间。"黄梅戏里《天仙配》的选段，董永和七仙女频频相看，恩爱情深，令多少人在山穷水尽时，对爱情重新有了美好的向往。

都说戏曲演员无情，化上浓墨重彩，假装用自己的泪痕，扮演别人的酸辛。却不知，无论他在舞台上多么努力，到头来，依旧是为别人作嫁衣。世相纷呈，从古至今，来来去去，谁又说得清到底哪里是戏，哪里是真。

也许我们都是梨园里的伶人，你装扮我，我装扮你，从开场到落幕，由前世到今生。如果我真是青衣，绝不让自己成为别人摆弄的棋。只期待找一座沧桑入骨的戏台，以花开的姿态，梦里的情怀，唱一出优雅而老去的戏。

佛
卷

初夏时令，清凉多雨。近日来闲居雅室，喝春茶，写佛经，心里澄明，烦恼消减。方肯信了那句话，修行未必要居山林占刹，听禅也未必要寻僧访道。车马红尘，烟火深处，亦是菩提道场，亦可证悟超然。佛陀在一切世人所在之地，讲经说法，普度众生。

三千世界，一切众生皆如微尘，无所从来，无所从去。世间所有虚妄、怨念，皆因我执而起，放下我执，即可明心见性。那条通往灵山的路，并不遥远，无须水滴石穿，有时一个刹那，一个转身，即见如来。

  种荷养莲，是为了于荏苒岁月，多一份平和。相信，与禅佛相关的事物，皆有灵性，皆可度我。而我前世，定然是放生池中的一朵青莲。虽坐井观天，不能如大千世界的一粒粉尘那般自在来往，却心存善念，无多欲求。深知熙攘凡尘，海市蜃楼，多是幻象，不过迷人双目，扰人心性。

  山河踏遍，只觉人生如梦，寻一安稳之所，恬淡度日，方为福报。尝尽五味，亦觉淡饭粗茶、简布素衣，才是洁净。轩窗之外的风景，看似波澜不惊，却暗藏汹涌。我喜欢简单的事、质朴的人，太过烦琐之事，总让我无法把持，心生惶恐。时光本该无惊，那些与自己无法相容的人，可以不再往来，安然到老。

  翻看珍藏多年的《金刚经》，卷册古老泛黄，檀香的味道年深日久，不曾淡去。铺纸研墨，用蝇头小楷，抄写几页佛经，甚觉清宁。"如来说诸心皆为非心，是名为心。所以者何？须菩提！过去心不可得，现在心不可得，未来心不可得。"

  佛说，万物皆在修行。写字亦是一种修行，我本随性之人，不喜拘泥，人生匆匆三十载，仍无所作为。撰写的小楷，不见笔锋，亦无风骨，不够娟秀圆润，只算朴素简净。抄写佛经，并无多少讲究，只要心怀慈悲，自在天然。每个字，每行文，皆有佛性。或送人，结善缘；或收藏，求果报。

佛法无边，只一卷经书，一句偈语，便可度世间一切迷梦之人。何为佛陀？"知过去、未来、现在，众生、非众生数，有常、无常等一切诸法，菩提树下了了觉知，故名佛陀。"何为佛地？经卷云："具一切智、一切种智，离烦恼障及所知障，于一切法、一切种相，能自开觉，亦能开觉一切有情，如睡梦觉、如莲花开，故名为佛地。"

佛只静坐菩提树下，便豁然开悟，知晓过去未来。他拈花一笑，万物为之成尘。存慧根者，来世化生莲花，绽放于七宝池上。资质愚钝者，则轮回世海，再历尘劫，感知自然，方能证悟。佛本无分别心，只是人欲念太多，自身修为尚浅，不信因果，执意名利，纵是长跪于蒲团，日夜香火以供，所求之事，终难遂愿。

其实佛亦曾历尽百难千劫，几番红尘游历，走过情海波涛，方远离浩荡风云，端然出世。《华严经》说："一切法无生，一切法无灭。若能如是解，诸佛常现前。"这是佛的境界，看似朴素的禅心，蕴含深刻的玄机。倘若人生不曾经历几段故事，演绎几场离合，看过几次花开、几度月圆，又如何懂得生死即涅槃，随缘即安宁。

《六祖坛经》云："一切众生皆有二身，谓色身法身也。色身无常，有生有灭。法身有常，无知无觉。"平凡的你我，于凡世中往来，如何能够似莲花，铅华洗净，不染纤尘？其实人间生灭之事，实属寻常，有情无情，幻灭浮沉，皆有定数。不经沧海，如何见得桑田？不修今生，如何会有来世？

有人走不出名利官场，有人渡不过情关。红尘万象，虽为梦幻泡影，如露如电，众生沉浸里面，依旧眷眷难舍。都知禅是妙药灵丹，可治愈浮世伤痕，但参禅亦要机缘。禅在人生风景中，在淡然岁月里。平常心人人皆有，要做到不生不灭，不垢不净，不增不减，又谈何容易？

苏轼有词云："长恨此身非我有，何时忘却营营。"此为名利之劫。豁达明朗的苏轼，一生山水踏遍，美人相伴，遨游仙宇，结友高僧，终难忘世间营营。他的文字造诣已抵达行云流水之境界，修佛之路，仍有一步之遥，不得超脱。来生转世，他必是莲池里风姿最佳的一朵，再不为尘寰熙攘而惆怅彷徨。

"问世间、情是何物，直教生死相许。"人间最难消受的，是情爱。三生石上，刻着每个人的三世情缘。你欠下的债，哪怕物换星移，终要偿还。你缘定的人，哪怕山穷水尽，终会相逢。纵是得道高僧、修行罗汉，断了无明烦恼，参透生死玄关，亦还有忘不了的情债。

"拼取一生肠断，消他几度回眸。"佛说，前世五百次的回眸，才换得今生的一次擦肩。我们无可奈何地辗转于六道轮回，去米往复，周而复始。同万物一起修行，不知何日才能跳出三界，有性灵。那时，聚散得失，缘生缘灭，只作寻常。

佛无情，端坐莲台，心如止水。佛有情，随缘教化度众。虽说世间山河一律平等，但佛所度者，亦为有缘之人，可度之人。佛槛之内，无尊卑、贵贱之分，修佛之人，要有一颗明净无尘的禅心。在云海无边的经卷里，我们是那永不言倦的摆渡人，无须归岸，自在是佛。

佛说，人生在世如身处荆棘之中，心不动，人不妄动，不动则不伤；如心动，则人妄动，伤其身，痛其骨，于是体会到世间诸般痛苦。这句禅语，抄写过千百回，每一次，都有不同的感知。如此执着，并不是修佛的本意。佛的境界是云在青天，水自东流。

倘若将一切生死、善恶、苦乐当作幻象，用自己的影子去体验，真身则可毫发无伤。禅定的心，当是如此，不被质疑，不问深浅。让影子和清澈的灵魂对话，忘记尘世所经历的苦难，纵有轮回，亦不畏惧，亦美丽。

是了，且这般淡定心弦，坐禅修心。佛缘到了，自会出离红尘。那条路也许很远，等到人生迟暮；也许很近，只在顷刻之间。倘若此生终不能抵达，就留在这婆娑世间，做个闲人，看如露光阴，与万物一同化尘。若有来生，相约莲花台上，再续佛缘。

道经

夜读《南华经》，伴随悠然回转的古琴曲，只觉意境缥缈，空旷深远。琴声如泣，每一弦，都似从心底划过，清澈含蓄，冷艳多情。而我竟不知自己是落入经书，随了境界，还是沉浸琴声，相对忘言。一如庄周当年，不知是他梦中化蝶，还是蝶化庄周。每个人都是一本经书，只待有缘人来解读。

那日听戏，史湘云说戏子与黛玉长得相似，本是无心，却恼了黛玉。宝玉从中说和，被她们数落了一番，自觉无趣。回到怡红院，想起前日所读的《南华经》，上有"巧者劳而智者忧，无能者无所求，饱食而遨游，泛若不系之舟"，又曰"山木自寇，源泉自盗"等语。

　　只因白日宝钗点了一出戏，戏文里有一首《寄生草》。"赤条条来去无牵挂。那里讨烟蓑雨笠卷单行？一任俺芒鞋破钵随缘化！"宝玉本就怀出离之心，此刻愈发了悟，随后立占一偈云："你证我证，心证意证。是无有证，斯可云证。无可云证，是立足境。"

　　写毕，又恐人看此不解，亦填了一支《寄生草》。"无我原非你，从他不解伊。肆行无碍凭来去。茫茫着甚悲愁喜，纷纷说甚亲疏密。从前碌碌却因何，到如今回头试想真无趣！"后来黛玉看到，在他的偈语里续写两句："无立足境，是方干净。"宝玉内心深处有着佛家万境皆空和道家任意自然的情结，在没落俗世彷徨的他，最终选择断缘。

　　道教是中国唯一土生土长的宗教，起源于春秋时期，创立于汉朝。道教海纳百川，包罗万象，融入医学、巫术、数理、文学、天文、地理、阴阳五行等学问。道教讲求度世救人、长生成仙，奉老子为教祖和最高仙神。

　　春秋时期，百家争鸣，是一个文化的盛世。这段时期，百花齐放，各自郁馥，无论是儒家还是道家，都留与后世太多深邃的文化。直到达摩祖师一苇渡江，经历朝历代，流传最广的儒道思想，与之融合，相互依存。许多人受岁月浸染，历史沉淀，成了亦道、亦儒、亦佛之人。

自然之韵，超脱于文化艺术，而又蕴含其灵性与精髓。一株草木，可以了悟人世的代谢。一抹斜阳，可以读懂垂暮的心情。河山常在，故人已改，混沌于天地间的灵光紫气，亦自寥落无痕。

老子著《道德经》，提出"无为而治"的主张。"天地所以能长且久者，以其不自生，故能长生。""水善利万物而不争，处众人之所恶，故几于道。"据说，写完《道德经》的老子，骑一头青牛，踏过函谷关如珠的朝露，后不知所终。

道家倡导"天有天道，地有地理，人有人伦，物有物性"之法则。据说老子曾说："人生天地之间，乃与天地一体也。天地，自然之物也；人生，亦自然之物；人有幼、少、壮、老之变化，犹如天地有春、夏、秋、冬之交替，有何悲乎？生于自然，死于自然，任其自然，则本性不乱；不任自然，奔忙于仁义之间，则本性羁绊。功名存于心，则焦虑之情生；利欲留于心，则烦恼之情增。"

"文景之治"为中国西汉汉文帝、汉景帝统治时期。汉初，社会经济衰弱，朝廷推崇黄老治术，采取"轻徭薄赋""与民休息"的政策。此番道家思想，于治民上，为最辉煌的一笔。汉武帝时期，"罢黜百家，独尊儒家"，道家受到压制。直至魏晋，谈玄之风兴起，老庄思想，成了道家的正统。

庄周顺应天地万物，遵循真实的内心，在乱世持有独立的人格，追求逍遥不羁的精神自由。庄子不争，他退隐尘世，清修守静，淡看生死，宠辱不惊。他的作品浪漫诗意，文笔如风，恣意流淌，变幻无端。庄子顺从天道，摒弃人为，幻想一种"天地与我并生，万物与我为一"的精神境界。

葛洪将道教神仙方术和儒家纲常名教相融，为上层士族找到了一些长生成仙的修炼理论，亦奠定道教基础。唐代尊老子为祖先，奉道教为国教。唐高祖、唐太宗、唐高宗皆极度推崇道教，规定"道大佛小"。唐玄宗时期，道教最为鼎盛，并编纂了历史上首部道藏《开元道藏》。

道风盛行的唐代，道士和道姑地位极高。身在庙堂，可以过上十分优裕的生活，自由结交天下友朋。著名才女鱼玄机曾出家为道姑，在清幽的咸宜观修行。她在观里品茶悟道，煮酒论诗，当时长安城内，无数文人雅士、风流才子皆去观中拜访，纵情寻欢。

温庭筠有一首词作《女冠子》，描写一位女道士美丽的容颜。"含娇含笑，宿翠残红窈窕。鬓如蝉，寒玉簪秋水，轻纱卷碧烟。雪胸鸾镜里，琪树凤楼前。寄语青娥伴，早求仙。"

北宋承袭了唐朝奉道的风气，宋真宗和宋徽宗曾掀起两次崇道热潮，编修道藏，大建宫观，册封神仙。王重阳创立了全真教，主张儒、释、道三教合一。他认为修道即修心，除情去欲，存思静定，心地清静，即是真的修行。

明朝皇帝对道教亦有所尊崇，明成祖自诩为真武大帝的化身，对张三丰及其武当派极为崇尚。明世宗以道教为信仰，他热衷方术，爱好青词，宠信道士，而道教的兴盛亦随着帝王的钟爱，抵达登峰造极的境界。

清代帝王信奉佛教，乾隆认为道教为汉人的宗教，而奉藏传佛教为国教。之后道教江河日下，失去了过往的不老传说。

直至当下，佛教依旧盛行，禅的境界为红尘中人所向往。但道教文化，亦百折不挠。其实于这俗世，众生所求的是在喧嚣中获得宁静。不为浮华所累，愿同自然修行，若清风白云那般，来去自如，去留无意。武当山、三清山、泰山成为众生络绎朝拜之所，香火鼎盛之地。

道教的自然情怀、玄妙思想、神仙境界，从古至今都为世人所追求。《搜神记》《聊斋志异》等志怪小说与道教相关，唐宋传奇《枕中记》《太平广记》，唐诗、宋词、元曲、明清小说等都蕴含丰富的道教神学。

老子曰："致虚极，守静笃。""见素抱朴，少私寡欲。"众生不得真道，是有妄心。心静则澄，心澄而神自清。这世上唯有灵魂可以不死，自然得以永恒。红尘碌碌，谁又是那唯一的清醒者。道禅原本相通，不过是为了给漂萍人生找一个自由安逸的归宿。

放舟野渡、独钓寒江，或卧醉凡尘、坐禅浮世，皆是修行。悟道并非要在蓬莱仙岛，亦无须素食持斋。崇尚自然，返璞归真，白云溪水，如影相随。

儒
风

　　世间风物，流传千载，走过岁月无歇的风雨，零落于大江南北的每个角落。无论是青石铺就的老巷，还是残存河畔的城墙，或是久埋尘泥的甲骨，散落云烟的圣人，都隐藏着古拙的意象。水光山色，花香月影，四时节令，万物生灭，皆无可名状，无可言说，无可执着。

　　梅令人高，兰令人幽，诗书令人清静，词曲令人风雅。人间万物，皆有其定数与规律，哪怕从一株古树、一块山石间，亦可会得历朝历代的兴衰沉浮。一切风物，皆有可会之境，可觅之思，虽留存于数千年文明中，却未必见文得句。能体会的，就是连绵延续，可谓传统文化主题的儒家思想。

儒学乃中国文化之主脉，是为国人，不可不察。《说文解字》云："儒，柔也，术士之称。从人，需声。"儒学之起源，史无定论。汉班固《汉书·艺文志》记述："儒家者流，盖出于司徒之官，助人君顺阴阳明教化者也。游文于六经之中，留意于仁义之际，祖述尧舜，宪章文武，宗师仲尼，以重其言，于道最为高。"

尧、舜、禹、汤、文王、武王、周公等，为儒家所推崇的历代圣人，在纬书中被装扮成与众不同的神。直至到了孔子，集三百篇，定《礼》《乐》；序《周易》，作《春秋》。他与门人的言论，亦被录在《论语》中，此时儒学才算有了真实的开始。

"己欲立而立人，己欲达而达人。""己所不欲，勿施于人。"翻开墨香流淌的书册，感悟那些饱含哲理，得以修身齐家的语句，令人心存敬仰，静止如莲。正因其高深绝妙，才有了"半部《论语》治天下"的故事。古道上碎草翩跹，尘埃飞扬，那个恓恓遑遑、奔走一生的孔子，至今仍周游于列国之间，为着他的信仰，劳碌奔忙。

孔子之后的另一位大家，即是孟子。孟子继承了儒学的精髓，提出了"性善"之说。孟子以心释仁，断言心仁必性善。恻隐之心，人皆有之，仁也。羞恶之心，人皆有之，义也。恭敬之心，人皆有之，礼也。是非之心，人皆有之，智也。

若非富贵熏心，名利威逼，世人亦不会有太多浮躁和执着。在物欲横流、车马纷呈的时代，如何能于浮华中守住纯净，心存善念，定然需要入世的修为。人心本善，只因受了俗世烟火浸染，而迷离怅惘，在善恶之间徘徊。倘若有花鸟相陪，受山水供养，怀秋水姿态，含诗词情怀，心如玉石，又何来浮躁？

性恶说乃荀子理论之支柱。他认为，人性原本就不够美好，若顺应其自然发展，必然造成纷乱争议。他重视自身修养、礼义道德，亦强调政法制度的惩罚。唯有循规蹈矩，各尽其职，方可成为良才。

儒学在风华时期，亦经历了坎坷。秦始皇焚书坑儒，令本已兴盛的儒学，瞬间成灰。一点火苗，焚灭了圣人思想。当时志士仁人，心惶意恐。直到董仲舒提出"罢黜百家，独尊儒术"，又复昌盛。此后，儒家所倡，智信仁勇，忠恕孝悌，恭俭敏慧，礼义从善，莫不遵从，为标榜也。

　　除了修身，儒家思想有太多的礼教规范，它的衰弱，成了必然。"老吾老，以及人之老；幼吾幼，以及人之幼。"这些本是金石之言，却成了镶嵌于历史城墙上的珠石，随着退去的王朝，被人弃置。

　　汉末玄学之风盛起，尽管儒学在政治制度上依旧保持它的地位，但思想修养之境界，则被玄学所取代。魏晋名士有一种不流俗，不同于任何时代的言谈举止。饮酒、谈玄、为文、作书，以狂放不羁、率真洒脱而著称，形成中国历史上绝无仅有的魏晋风度。他们向往自然情感流露，飘逸潇洒，却亦迷惘惆怅。

　　东晋南北朝至隋唐时期，佛教思想又超越了玄学。佛道在修养性情上，远胜过儒学。世人常说："以佛治心，以道治身，以儒治世。"儒学已成为一种传统礼教的形式，像背着一个政治包袱，无法体味大自然灵动曼妙的意趣，更不能飘然出尘，与世无争。

　　迨至宋明，儒学复兴，史称新儒学。宋明理学之祖师周敦颐，熔铸老子之无极、易传之太极、中庸之诚意、五行之克生、阴阳之调和于一炉，创制了无极而太极之本体论。而程颢、程颐受业于周敦颐，他们的最高哲学范畴是"理"。《二程遗书》写道："万物皆只是一个天理。""天下物皆可以理照，有物必有则，一物须有一理。""一物之理即万物之理。"

朱熹为宋代理学集大成者，继承二程理学，融入北宋思想家张载之气学说，构建了完整独特的朱子学。宋明理学之所以寻回往日的风华，是因了他融合玄学、佛教和道教之精髓。理学强调"天理当然""自然合理"，与玄学和佛教追求的境界有相合之处。儒学卸下了它以往规范的律条，让世人对其有了新的感知和认可。

记得《三国演义》里有一回，诸葛亮舌战群儒。他说："儒有君子小人之别。君子之儒，忠君爱国，守正恶邪，务使泽及当时，名留后世。——若夫小人之儒，惟务雕虫，专工翰墨；青春作赋，皓首穷经；笔下虽有千言，胸中实无一策。且如扬雄以文章名世，而屈身事莽，不免投阁而死，此所谓小人之儒也；虽日赋万言，亦何取哉！"

儒有君子，有小人；有旷达，有狭隘；有风雅，亦有晦涩。方寸之间，是小灵台，可载今承古，得云会境。不往青山，亦可得山明之思；不临水岸，亦可得水秀之想。心藏丘壑，红尘有如山林；兴寄烟霞，浮世仿若蓬岛。

一切有情众生，都有其生灭荣枯理则，万物唯有顺应自然，方能永恒持久。人生在世，删繁留简，去伪存真，终不负天地庇佑，山水恩泽。